Markus Spang
Die Rätsel der Alhambr

© privat

Markus Spang, 1972 in Karlsruhe geboren, studierte zunächst Philosophie und Kunstgeschichte, dann Illustration in Krefeld und Münster. Heute lebt er in Köln und malt Bilder, zeichnet Schriften oder schreibt Texte. Nach »Die Rätsel von Schloss Finkenstein« ist »Die Rätsel der Alhambra« sein zweites Buch bei <u>dtv</u> junior. Mehr über Markus Spang auf <u>www.gnaps.de</u>; mehr über die Rätselbücher von Markus Spang auf <u>www.stinkenfein.de</u>.

Markus Spang

Die Rätsel der Alhambra

Ein Krimi zum Mitraten

Mit Illustrationen
von Markus Spang

Deutscher Taschenbuch Verlag

Von Markus Spang ist bei dtv junior außerdem lieferbar:
Die Rätsel von Schloss Finkenstein

Für
⅂⌐⅂

Originalausgabe 2010
Deutscher Taschenbuch Verlag GmbH & Co. KG,
München
© 2010 Deutscher Taschenbuch Verlag GmbH & Co. KG,
München
Umschlagkonzept: Balk & Brumshagen
Umschlagbild und Typografie: Markus Spang
Lektorat: Tanja Poestges
Gesetzt aus der Galliard 11/14ʹ
Satz: Greiner & Reichel, Köln
Druck und Bindung: Kösel, Krugzell
Printed in Germany · ISBN 978-3-423-71415-0

Inhalt

Prólogo 7

Lunes
Urlaub 11
Mord verjährt nicht 18

Martes
Alhambra 27
Inigo 32
Punkte und Striche 40
Yesterday's Papers 44
Endlich vollzählig 48
Mexuar 53
Elisas Brief 59

Miércoles
Der Rubin des Schwarzen Prinzen 67
Himmelserzählung 73
Der Turm der Justiz 77
Die Tafel 84
Operation: Ferdinands Schlüssel 92
Verdacht 98
Verabredung 105
Neumen 107
Die Alte vom Berg 109
Sommernacht 114

Jueves

Fuego 125
Und das elektrische Licht leuchte ihnen 132
Die unmögliche Tatsache 141
Spiel anständig! 144
Das Motiv 147
Paarweise 150
Arbeitslos 154

Viernes

Nachti-Nacht 165
Beinah! 167
Verhör 171
Freimaurerchiffre 181
Der Plan 193
Die Ausführung 197
Durchblick 204
Sesam, öffne dich 209
Die Höhle 216
Die Antwort 220
A. C. 224
Besser so 227

Sábado 231

Prólogo

Ein spitzer Sichelmond schob sich über die erhabenen Gipfel der Sierra Nevada. Er ließ das ferne, schneebedeckte Gebirge in einem fast bläulichen Weiß erstrahlen. Es war ein Licht, das kein bisschen zu der immer noch warmen Luft passen wollte, die über Granada lag. Harziger Zedernduft und das *Kirick-Kirick* einiger unermüdlicher Zikaden wehte von den umliegenden Hügeln. Auf dem höchsten dieser Hügel zeichnete sich jetzt scharfkantig die Alhambra ab – die *Rote Burg* der Mauren. Seit mehr als tausend Jahren stand sie da und wachte über der südspanischen Stadt. Wie viele schreckliche Geschehnisse mochten sich in all dieser Zeit dort zugetragen haben, deren stumme Zeugin allein die geheimnisvolle Burg war? Eines davon ereignete sich in jener Nacht des siebten September 1967.

Kurz vor Mitternacht hangelten sich drei schattenhafte Gestalten vorsichtig auf der nördlichen Burgmauer entlang. Sie schienen ebenso darauf bedacht, kein Geräusch zu verursachen, wie nicht abzurutschen. Und womöglich die schroff abfallende Hügelkante hinabzustürzen! Hinunter ins felsige Tal des Rio Darro, der dreißig Meter tiefer friedlich säuselnd durch Granada plätscherte. Sie umrundeten einen der Wehrtürme, stiegen vorsichtig von der Mauer und gelangten so in den geschlossenen Teil der Burganlage …

Eine knappe Stunde später lag an derselben Stelle eine dieser drei Gestalten, ein Mann, bewusstlos auf dem Sandsteinboden. Als er die Augen aufschlug und sich den schmerzenden Hinterkopf rieb, schien er erst allmählich zu begreifen, dass die beiden anderen verschwunden waren. Er rappelte sich auf, runzelte die Stirn und rannte zur Burgmauer. Er lehnte sich darüber und blickte nach unten, zum felsigen Rand des Flussbetts. Dann riss er vor Entsetzen die Augen auf. Der schwache Schein der Straßenlaternen am anderen Ufer des Darro streute weit genug, um ihn die Umrisse einer Frau erkennen zu lassen. Sie lag reglos da, in unnatürlich verkrümmter Haltung. Um ihren Kopf breitete sich eine große Lache Blut aus.

»ELISAAAAAAA!«

Lunes

Urlaub

Seit zwei Wochen nichts als Sommer, Sonne, Strand und Meer. Es war grausam! Fred legte das gelöste Sudoku beiseite und stöhnte leise. Seine rechte Fußspitze fing schon wieder Feuer. Zumindest fühlte sie sich so an. Er lehnte sich umständlich auf dem Liegestuhl zur Seite, um den Sonnenschirm neu auszurichten. Natürlich kippte das Ding dabei wieder langsam um, denn es hielt nicht anständig im trockenen Sand. Fred musste aufstehen und den Schirm im richtigen Winkel wieder einrammen. Als er sich umdrehte, lag Anna auf dem Liegestuhl und grinste ihn an. Er nickte schicksalsergeben. So waren die Regeln. Sie waren zu viert hier und hatten nur einen einzigen klapprigen Holzliegestuhl dabei. Mama und Udo begnügten sich die meiste Zeit mit ihren Handtüchern, also wechselten er und seine große Schwester sich mit dem Chefsessel ab, sobald einer der beiden den Fehler machte, sich mehr als einen halben Meter davon zu entfernen. Fred setzte sich auf das frei gewordene Handtuch.

»Weißt du, ich finde, was Udo da gestern gesagt hat ...«, begann er, doch Anna hob sofort abwehrend die Hand.

»Du fängst jetzt nicht noch mal davon an, ja?«, sagte sie und widmete sich wieder ihrem Buch.

Fred wandte sich ab und beobachtete lustlos ein Segelboot weit draußen auf dem Wasser. Er kniff die Augen zusammen.

»Ist das Afrika?«, fragte er nach einer Weile.

»Hm?«

»Da vorne links, der schmale Streifen am Horizont.« Fred wies mit dem Finger über das Meer. Mit einem leisen Seufzer blickte Anna kurz über den Rand ihrer Buchseiten.

»Ich sehe nichts«, sagte sie. »Aber wir reden hier vom Mittelmeer. Das ist eine ganze Menge Wasser. Ich glaube kaum, dass man von hier aus auf die andere Seite gucken kann.« Sie las weiter. Fred blickte auf den entfernten Küstenstreifen oder was auch immer es war. Er wusste nicht, was er sonst machen sollte. Je länger er darauf starrte, desto weniger konnte er ihn erkennen. Komisch.

Jetzt stand ihm also noch so eine Woche bevor. Was fanden Anna und Mama eigentlich so toll daran, sich den ganzen Tag am Strand rösten zu lassen? Wenn sie sich tatsächlich einmal überreden ließen, mit ins Wasser zu gehen, war das der Höhepunkt des Nachmittags. Doch er dauerte immer nur wenige Minuten. Dann

war der drohende

Hitzschlag abgewendet und die Damen gingen schnellstens wieder zum Eincremen und Herumliegen über. Malaga. Pah! Diese Stadt war mit der gleichnamigen Eissorte überhaupt nicht zu vergleichen.

Udo war auch nicht begeistert. Gestern beim Abendessen hatte er den Vorschlag gemacht, die Koffer zu packen und ein Stück landeinwärts zu fahren. Um in der verbleibenden Urlaubswoche noch etwas von der Gegend zu sehen. Immerhin seien sie hier in Andalusien, dem Spanien der alten Araber. Die hätten hier vor tausend Jahren eine Hochkultur vom Stapel gelassen, unglaublich! Dagegen habe unser nordeuropäisches Mittelalter wirklich finster ausgesehen, meinte Udo. Er zählte Städte auf, die sie sich ansehen könnten: Sevilla, Córdoba, Granada, Almería – eine schöner als die andere, alle voller Geschichte! Fred gefiel besonders, was er über Granada erzählte: die letzte Bastion der arabischen Mauren, erst 1492 von den Christen zurückerobert. Mit einer Burg, die nicht zu vergleichen sei mit den zugigen Ruinen, die in Deutschland so herumstanden. Wie verheißungsvoll allein der Name dieser Burg klang: Alhambra. Sie sei innen wunderbar erhalten, zeitlos schön, der Inbegriff islamischer Kunst in Europa, sagte Udo. Weltkulturerbe! Fred hatte noch nicht einmal gewusst, dass Südspanien im Mittelalter von Arabern beherrscht gewesen war. Exorbitant!

Doch Mama und Anna hatten nur gnatzig die Gesichter verzogen. *Kultur? Sonst noch was?! Wir sind im Urlaub!* Mama hatte Udo einen Kuss gegeben und ihm kurz die Hand getätschelt, was so viel zu bedeuten schien wie: *Vie-*

len Dank für deine Bemühungen, mein Liebster! Und damit war die Sache gestorben.

»Wir bräuchten einen Atlas«, murmelte Fred jetzt. »Von *Gibraltar* aus sieht man Afrika bestimmt. Da ist nämlich die Meerenge, über die diese *Mauren* damals nach Spanien gekommen sind und …«

»Danke, du Schlauberger«, unterbrach Anna in mild gelangweiltem Ton. »Ich war gestern auch dabei, als Udo davon erzählt hat. Wir sind hier aber nicht auf Gibraltar.«

»Aber auch nicht weit weg. Wir bräuchten einen Atlas.«

Diesmal war Annas Seufzer deutlicher zu vernehmen, als sie das Buch sinken ließ und ihn anblickte.

»Nummer eins: Wir haben keinen Atlas. Nummer zwei: Wenn dir langweilig ist, Brüderchen, dann ruf Opa Drechsler an. Er sitzt bestimmt noch in der Bibliothek. Vielleicht will er ja für dich nachschlagen, wie weit Afrika von hier weg ist. Ich versuche jedenfalls zu lesen.«

»Okay«, brummte Fred und packte seine Siebensachen in den Rucksack. Wenn Opa Drechsler, Udos Vater, doch nur mitgekommen wäre! Er wäre sofort Feuer und Flamme für diese Alhambra gewesen. Und zu dritt hätten sie die trägen Damen überstimmt und wären hingefahren. Doch Opa Drechsler musste auf Schloss Finkenstein bleiben und alles für die Museumseröffnung vorbereiten.

Während Fred barfuß durch den heißen Sand zum Hotel tänzelte, dachte er zurück. Es schien ihm eine Ewigkeit her zu sein, dass er zusammen mit Opa Drechsler und Anna die Rätsel des längst verstorbenen Grafen Otto von Finkenstein gelöst hatte. Dabei war es eigentlich gerade erst passiert. Was für ein Abenteuer! Sie hatten es gemeinsam bestanden und nun waren *sie drei* – er, seine Schwester und Opa Drechsler – die Erben des Rätselmuseums Finkenstein! Es gehörte ihnen, mitsamt der Bibliothek. Und natürlich dem Schatz von historischen Geheimschriften und Rätselwerkzeugen, den sie in einer verborgenen Kammer gefunden hatten. Schon nächste Woche würde ihr Museum seine Pforten öffnen. Opa Drechsler bereitete gerade alles dafür vor und organisierte das Ganze. Fred hätte jetzt viel lieber mit dem alten Mann in verstaubten Büchern herumgeblättert, als hier den blöden Sand aus seinen Socken zu schütteln.

»Alhambra?! Großartiger Ort!«, polterte Opa Drechsler durchs Telefon, wie immer in bester Stimmung. »Potzblitz, und so ein Zufall! Erst gestern hatte ich ein herrliches Buch darüber in den Fingern. Otto von Finkensteins Bibliothek ist wirklich eine Fundgrube … Warte, Derfred, ich geh es mal holen.«

Fred lehnte sich grinsend auf dem Hotelbett zurück. Es war schon erstaunlich, wie schnell dieser Mann einem die Laune aufmöbeln konnte. *Das ist DER FRED.* So hatte Anna ihn Opa Drechsler bei ihrer ersten Begegnung vorgestellt, und der Alte bestand darauf, Fred so und nicht anders zu nennen: DERFRED. Denn auf diese Weise war sein Name ein *Palindrom.* Also etwas, das von vorn und hinten gelesen genau gleich lautet, ebenso wie ANNA. Das liege bei ihnen eben in der Familie, sagte Opa Drechsler immer. Sie alle drei mochten solche Buchstabenspielchen, und nicht zuletzt deshalb hatten sie es geschafft, die Schnitzeljagd des alten Grafen Otto zu bestehen. Denn solche Sachen kamen in seinen Rätseln ständig vor. *Anagramme* schien er geradezu geliebt zu haben! Das waren Buchstabenverdrehungen. Wie zum Beispiel EINSATZ und EISTANZ. Komisch, was für unterschiedliche Wörter aus genau denselben Buchstaben bestehen können, überlegte Fred gerade. Dann wurde am anderen Ende der Telefonhörer wieder hochgehoben.

»So. Hier habe ich das Buch. *Washington Irving: Erzählungen von der Alhambra.* Eine wunderschöne illustrierte Ausgabe ist das. Ich habe es vor Ewigkeiten als Taschenbuch gelesen. Bin gestern gar nicht dazu gekommen, noch einmal reinzugucken, es gibt hier ja so viele … Hoppla!«

»Was ist?«, fragte Fred.

»Da ist etwas herausgefallen«, antwortete Opa Drechsler, »Moment …« Fred hörte ein leises Ächzen am anderen Ende der Leitung, das klang, als ob sich der alte Mann bückte.

»Und?«

»In dem Buch war ein Zeitungsausschnitt. Muss schon der dritte oder vierte sein, den ich heute finde. Ich habe euch ja schon erzählt, dass Graf Otto viel herumgekommen war, bevor er sich auf Finkenstein zur Ruhe setzte. Es scheint so, als sei er jahrzehntelang als Kryptologie-Experte in aller Welt sehr gefragt gewesen. *Kryptologie* ist übrigens …«

»Die Lehre der Geheimschriften«, kam es von Fred wie aus der Pistole geschossen. »Musst du mir nicht erklären.«

Opa Drechsler lachte.

»Ja, richtig. Entschuldige, manchmal vergesse ich dein berühmtes Wörter-Gedächtnis, Derfred. Jedenfalls finde ich ständig Zeitungsberichte über den Grafen. Wie er in Indien bei der Entzifferung irgendeiner antiken Tafel geholfen hat oder im Auftrag der Regierung von Mexiko eine verborgene Grabkammer entdeckte. Er war eine echte *Konifere* auf seinem Gebiet.«

»Koryphäe!«, rief Fred. »Koniferen sind kiefernartige Nadelbäume, die …« Seine Erklärung wurde von wildem Gekicher übertönt.

»Ich weiß«, gluckste Opa Drechsler, »das war nur ein Test. Entschuldige! Aber jetzt wollen wir mal sehen, worum es bei diesem Zeitungsausschnitt hier geht. Aha. Spanisch. Aus dem Jahr 1968 … Oho! Da ist von einem Mord die Rede. Warte, hier lag noch ein altes Foto daneben. Aber das ist doch …!« Opa Drechsler verstummte.

»Mord?«, sagte Fred aufgeregt. Es kam keine Antwort. »Und wer ist auf dem Foto? Du spannst mich ja ganz schön auf die Folter.«

»Habt ihr Internet im Hotel?«, sagte Opa Drechsler in plötzlich sehr eindringlichem Ton. »Das müsst ihr euch selber ansehen. Ich glaube, das hier ist etwas für uns, Derfred. Etwas äußerst Rätselhaftes!«

Mord verjährt nicht

Eine Viertelstunde später saßen Fred und Anna gemeinsam auf dem Bett und betrachteten das Foto, das sie kurz zuvor am Computer in der Hotelhalle ausgedruckt hatten. Drei Leute waren darauf zu sehen. Jedenfalls fast drei.

Sehr mysteriös. Wer mag das wohl sein? Aber vielleicht solltest du auch auf den Hintergrund achten. Das Foto gehörte Otto von Finkenstein. Da sind verborgene Rätsel nie ausgeschlossen!

Opa Drechsler hatte das Foto in Deutschland eingescannt und per E-Mail an Freds Adresse geschickt, während dieser seine große Schwester von ihrem Liegestuhl gelockt hatte. Seit Anna erfahren hatte, dass es um Mord und etwas Geheimnisvolles im Zusammenhang mit Graf Otto ging, war sie auf einmal überhaupt nicht mehr träge.

»Ich wusste ja gar nicht, dass du Spanisch kannst, Opa Drechsler!«, rief sie gerade begeistert ins Telefon. Fred betätigte den Lautsprecherknopf, sodass die Antwort auch für ihn gut zu hören war.

»Nur ein bisschen, Anna, und es ist auch schon ziemlich eingerostet. Aber dieser Zeitungsartikel lautet auf Deutsch etwa folgendermaßen:

Mord auf der Alhambra

Die im September letzten Jahres unter mysteriösen und blutigen Umständen verschollene Archäologin Elisa Benazar (wir berichteten) wurde gestern amtlich für tot erklärt. Die Polizei geht weiterhin von Mord aus und fahndet nach dem dringend tatverdächtigen Deutschen namens *Feistenkinn*.

 Komischer Name, nicht wahr?

Hinten auf dem Ausschnitt ist mit Bleistift das Datum notiert: 08.11.1968. Was haltet ihr davon?«

»Na ja«, Anna klang ein bisschen enttäuscht. »Es geht

also um einen Mord vor über vierzig Jahren. Meinst du wirklich, das ist ein Fall für uns?«

»Wen hast du auf dem Foto erkannt?«, fragte Fred dazwischen.

»Genau! Das ist einer der Punkte, die mich an der Sache stutzig machen«, antwortete Opa Drechsler. »Der Mann links, mit dem Spitzbart, das ist Graf Otto von Finkenstein. Ich erkenne ihn eindeutig wieder. Und am Rand des Fotos steht ebenfalls ein Datum, in derselben Bleistiftschrift wie auf dem Zeitungsausschnitt: 05.09.1967. Und daneben drei Namensinitialen: O.F., E.B. und A.C.«

»Wow. O.F. steht also für *Otto von Finkenstein*«, sagte Anna und besah sich das Foto noch einmal genauer. »So hat unser alter Rätselgraf früher ausgesehen …«

»Das Foto wurde ein Jahr vor dem Zeitungsartikel gemacht«, sagte Fred. »Im September. Also im selben Monat, als der Mord passierte.«

»Genau!«, erwiderte Opa Drechsler.

»Und du meinst, E.B. ist die ermordete Elisa Benazar?«

Anna blickte verdutzt von dem Foto auf. Darauf war sie nicht gekommen.

»Ich weiß es natürlich nicht mit Sicherheit«, kam es aus dem Lautsprecher, »aber wäre das sonst nicht ein seltsamer Zufall, dass der Zeitungsausschnitt und das Foto zusammen in diesem Alhambra-Buch lagen?«

»Feistenkinn«, murmelte Fred.

»Moment mal, Jungs«, meldete sich Anna. »Was überlegt ihr da gerade? Otto von Finkenstein hat eine Frau Benazar gekannt. Er hat sich zusammen mit ihr und einem unbekannten A. C. fotografieren lassen. Und dann wurde die Frau ermordet. Glaubt ihr nur deshalb, Otto hatte etwas damit zu tun?!«

»Na ja«, meinte Opa Drechsler. »Das ist ja nicht alles.«

Anna sah ihren Bruder an. Er nickte wissend.

»Okay«, sagte sie. »Scheint so, als hätte ich mal wieder eine etwas längere Leitung als ihr. Was ist noch?«

 Was ist der zweite Grund, dass Opa Drechsler und Fred vermuten, der Graf sei in den Mordfall verwickelt?

»Feistenkinn!«, wiederholte Fred. »Bilde ein Anagramm auf den Namen Feistenkinn!«

Ein Anagramm! Anna zog die Stirn in Falten. Wie war das? Am besten schreibt man das Wort auf einen Papierstreifen und zerschneidet ihn. Dann sortiert man die Buchstaben neu, bis sich ein anderes Wort daraus ergibt. Aber in diesem Fall brauchte sie gar kein Papier …

»Finkenstein!«, rief sie.

»Genau!«, tönte Opa Drechsler am anderen Ende der Leitung. »Feistenkinn war garantiert ein Deckname unseres Grafen. Nach *ihm* hat die Polizei gefahndet! Und mir ist noch etwas anderes aufgefallen. Guckt euch das Foto noch einmal an. Seht ihr die Ornamente und Schriftzeichen im Hintergrund? Ich müsste mich schon sehr täuschen, wenn das Foto nicht in der Alhambra aufgenommen wurde!«

Eine Weile sagte keiner der drei etwas, denn sie wussten

nicht so recht, was sie nun aus ihren Feststellungen schließen sollten. Anna sprach als Erste:

»Okay, was haben wir? Nummer eins: Otto war mit einer Frau mit den Anfangsbuchstaben E. B. zusammen auf der Alhambra, und sie ist wahrscheinlich dieselbe, die kurze Zeit später genau dort ermordet wurde. Nummer zwei: Er war unter falschem Namen unterwegs, und die Polizei verdächtigte ihn, den Mord begangen zu haben.« Sie überlegte kurz. »Ob sie ihn wohl verhaftet haben?«

»Glaube ich kaum«, sagte Opa Drechsler.

»Wieso nicht?«

»Weil dieser Zeitungsartikel über ein Jahr nach der Sache geschrieben wurde. Die Leiche wurde anscheinend bis dahin nicht gefunden, und wenn sie ihren einzigen Verdächtigen auch noch nicht gefasst hatten, werden sie den Fall nicht mehr als besonders dringlich behandelt haben, nehme ich an.«

»Hm.« Anna kratzte sich hinterm Ohr. »Und was glauben *wir* jetzt? Hat er es getan?«

Fred blickte sie entgeistert an.

»Wer?«

»Finkenstein«, antwortete sie ruhig.

»Otto?! Unser Otto? Nie und nimmer!«

»Aber habt ihr nicht gerade selber …« Anna schüttelte den Kopf. »Ihr wisst anscheinend auch nicht, was ihr denken sollt. Und was heißt überhaupt *unser Otto*, Fred? Du hast ihn doch gar nicht gekannt!« Fred gab darauf keine Antwort. Er war aufgestanden und ging mit dem Foto in der Hand unruhig im Zimmer umher.

»Natürlich hat er«, meldete sich Opa Drechsler aus dem Lautsprecher. »Und du doch auch, Anna. Ihr habt ihn durch seine Rätsel kennengelernt. Die liebte er. Und Bücher! Und ich – ich habe ihn selber erlebt. Lange Jahre. Weißt du nicht mehr, als ich dir erzählt habe, wie gut er zu mir und Udo war? Nein, dieser Mann war kein Mörder!«

»Mag sein«, sagte Anna. »Aber sind wir uns da wirklich ganz sicher oder hoffen wir es nur? Weil wir nicht die Erben eines Mörders sein wollen? Meine Güte, stellt euch vor, wenn das ans Licht kommt! Wir eröffnen nächste Woche sein Museum. Was, wenn er nun doch …?«

»Oh Mann!«, rief Fred plötzlich. »Das ist ja der Hammer!« Er stand im Eingangsbereich des Hotelzimmers und starrte eine Wand an, die Anna vom Bett aus nicht sehen konnte. Mit breitem Grinsen drehte er sich zu ihr.

»Wir werden beweisen, dass Graf Otto von Finkenstein, unser Lehrmeister, kein Mörder war. Wir werden diesen Mordfall aufklären!«, sagte er.

Anna winkte ab. »Klar. Nach vierzig Jahren. Zwei Kinder in einem fremden Land. Hallo? Wie soll das gehen, Kleiner?«

»Mit Ottos eigener Hilfe! Er wollte doch, dass nur die richtigen Leute seinen Schatz auf Schloss Finkenstein finden können, stimmt's? Echte Rätselfreaks. Und das waren wir!«

»Worauf willst du hinaus?«, fragte Opa Drechsler.

»Ganz einfach: Otto von Finkenstein hat auch in Granada für Leute wie uns eine Rätselspur gelegt. Sie führt zur

Lösung dieses Mordfalls, da bin ich ganz sicher. Und sie beginnt auf diesem Foto!« Er hielt es triumphierend in die Höhe. »Hier ist nämlich ein echter Finkenstein versteckt!«

 Weißt du, wovon Fred spricht? Was hat er auf dem Foto entdeckt? Wahrscheinlich habt ihr einen Gegenstand, der dir weiterhilft (im Flur vielleicht, im Badezimmer bestimmt).

»Wow«, sagte Anna bloß, nachdem er ihnen seine Entdeckung präsentiert hatte. Und aus dem Lautsprecher schallte:

»Potzblitz! Jetzt muss das Museum wohl erst einmal warten. Anna, wenn du es schaffst, deine Mutter umzustimmen, dann treffen wir uns morgen Nachmittag in Granada!«

»Da wollte ich doch schon immer mal hin!«, entgegnete sie, blickte ihren Bruder an und grinste wie ein großes Ü.

Martes

Wer keine ●—— ●●— —● —●● ● ●—● versteht,
versteht auch keine langen
● ●—● —●— ●—●● ●— ● ●—● ●●— —● ——● ● —●

Arabisches Sprichwort

Alhambra

Am späten Vormittag des nächsten Tages schlängelte sich ein dunkelblauer Mietwagen durch die *Calle de los Molinos* im *Realejo*, einem gepflegten Stadtviertel von Granada. Hinterm Steuer saß ein lächelnder Udo, Mama neben ihm lächelte nicht. Auf dem Rücksitz blickten Anna und Fred sich aufgeregt nach allen Seiten um.

»Da ist es«, rief Anna, »da vorne rechts!« Sie zeigte auf ein grünes Schild neben einer Glastür: *Hotel Molinos.* Udo fand einen Parkplatz, stellte den Motor ab und musterte Mamas Gesichtsausdruck.

»Och komm, Heike. Willst du jetzt die ganze Woche *so* aus der Wäsche gucken?«, sagte er. Sie wandte ihm eine eisige Miene zu, doch sie hielt es nicht lange durch. Ein kleines Lächeln umspielte ihre Lippen.

»Ach du. Alter Kulturschnösel, von dir war ja nichts anderes zu erwarten. Aber dass mir am Ende meine Tochter noch in den Rücken fällt. Mein eigen Fleisch und Blut!«

»Jetzt mal ganz flach atmen, Mama«, sagte Anna lächelnd. »Du weißt doch, dass es hier um wichtige Dinge geht.«

»Aha. Weiß ich das?«, erwiderte ihre Mutter wachsam. Anna merkte, dass ihr etwas Blödes herausgerutscht war. Denn worum es eigentlich bei der Geschichte ging, das hatten sie Mama aus gutem Grund verschwiegen. Mit Udo konnte man reden. Ihn hatten sie gestern Abend eingeweiht, denn sie brauchten ihn als Verbündeten. Aber Mama war immer gleich krank vor Sorge und verbot ihnen alles, was ihr nicht ganz geheuer war. Und was sie jetzt vorhatten – nämlich in einem Mordfall ermitteln –, gehörte mit Sicherheit dazu. Also lenkte Anna schnell ab:

»Wichtig? Klar! Das Wichtigste ist doch, dass *du* dich erholst! Und was wäre da besser, als wenn deine anstrengenden Gören mal aus dem Weg sind und von Opa Drechsler beaufsichtigt werden, während du mit deinem von uns allen hoch geschätzten Lebensgefährten noch ein paar Tage in romantischer Zweisamkeit verbringen kannst.«

Mama wandte sich an Udo: »Ist das normal, dass einen Kinder in diesem Alter so locker um den Finger wickeln?«

»Können wir jetzt endlich einchecken?«, sagte Fred.

Die Alhambra war kein einzelnes Bauwerk, sondern eine mehrere Hektar große Ansammlung von Gebäuden, die von einer dicken, rötlich-gelben Mauer umgeben war. Fast so, wie Anna sich eine mittelalterliche Stadt vorstellte. Es gab eine Festung, die direkt an der Hügelkante über Granada aufragte. Ein wuchtiges altes Tor stand mitten auf einem kleinen Platz und führte nirgends mehr hinein, weil sich der Verlauf der Mauer offenbar über die Jahrhunderte sehr verändert hatte. Direkt daneben war ein Souvenirladen. Eine Kirche gab es, ein Hotel, Kloster, Badehaus, dann wieder eine Ruine. Und unzählige große und kleine quaderförmige Türme entlang der Außenmauer. Mittendrin stand ein riesiger kreisrunder Prachtbau mit verzierter Fassade, der überhaupt nicht zum Rest passen wollte. Fred – den Reiseführer immer im Anschlag – blieb stehen und begann zu blättern.

»Das muss dieser Karlspalast sein«, sagte Udo, der sich neben ihn stellte. »Der wurde erst im sechzehnten Jahrhundert von den Christen dazwischengebaut.«

»Ja, hier steht's«, antwortete Fred. »Im Renaissance-Stil. Wahrscheinlich wollten sie den besiegten Mauren zeigen, dass sie auch was draufhatten.«

»Ja, ja«, sagte Anna und zog Fred am Ärmel. »Komm jetzt, da vorn scheint der Eingang zu diesem *Narzissenpalast* zu sein. Bis später, Kulturschnösel!«, fügte sie mit einem Grinsen hinzu.

»Nasridenpalast«, murmelte Fred, während er hinter ihr herhoppelte. Beide winkten sie Udo kurz zu, der ihnen nachlächelte und sich dann in die entgegengesetzte Richtung wandte.

Ursprünglich hatten sie alle vier die Alhambra besuchen wollen, aber es hatte Probleme mit den Eintrittskarten gegeben. Es wurde nämlich pro Tag nur eine begrenzte Anzahl ausgegeben, und ohne Vorbestellung hatten sie schon Glück gehabt, dass sie für heute noch zwei hatten ergattern können. Mama hatte mit einem gelassenen Achselzucken verzichtet. Udo war als Begleiter mitgekommen, und um sich wenigstens die Außenbereiche der Burg anzusehen. Er würde hier im Café Washington Irving auf die beiden warten.

Der Nasridenpalast war das Herzstück der Anlage, der Bereich, für den man die Eintrittskarte brauchte. Weil darin all die berühmten, prachtvoll ausgestatteten Säle und Innenhöfe waren.

»Macht von außen nicht viel her«, meinte Anna, als sie

in der Schlange vor einem schmalen Durchgang zwischen zwei schmucklosen Sandsteinwänden warten mussten. Fred wedelte mit seinem Handbuch.

»Bescheidenheit wird im Islam großgeschrieben, steht hier drin. Die Mauren bauten nach dem Motto: außen pfui, innen hui.«

»Hui, so so. Wieso dauert das eigentlich so lange?«

Dann waren sie endlich an der Reihe. Anna betrat den Palast als Erste und sie verlor keine Zeit. Im Zickzack schlüpfte sie zwischen den schlendernden Touristen hindurch und spähte aufmerksam in jeden Winkel. Sie wollte diese bestimmte Stelle auf dem Foto finden, und zwar schnell. Schließlich waren sie nicht zum Spaß hier, es ging um Mord. Doch Fred blieb zurück.

Er staunte. Was waren das für Leute gewesen, die das alles hier gemacht hatten? Vor siebenhundert Jahren, alles von Hand, mit dem Meißel. Es musste Monate gedauert haben, allein diesen einen kleinen Säulenabschluss da zu behauen. Wie nannte man so was? Kapitell? Egal. Wenn da ein einziger Schlag danebengegangen wäre, wäre es futsch gewesen. Fred ging näher heran. Oh Mann, da waren ja *noch* kleinere Muster in den Mustern!

Anna drehte sich in einem der Innenhöfe zum hundertsten Mal nach ihrem Bruder um. Er tappte gerade weltvergessen in eine sonnendurchflutete Säulenhalle. Er sah irgendwie rührend aus, wie er so klein dastand – mit seinem riesengroßen Rucksack, ohne den er niemals loszog – und riesengroße Augen machte. Sie wusste ja, wie sehr ihn jedes dieser seltsamen Kachelmuster, jeder dieser unendlich wiederholten, in Elfenbein geschnitzten arabischen Schriftzüge faszinierte. Trotzdem war er ihr brav gefolgt. Doch da, wo er jetzt stand, hatte sie sogar selber kurz angehalten, um das Ganze auf sich wirken zu lassen. Sie blickte zum strahlend blauen Himmel. *Wenn bloß das Licht im Moment nicht auch noch so spektakulär wäre!*, dachte sie. Sie winkte Fred zu, aber er sah sie nicht. Wie ferngesteuert ging er zum Eingang des Saals, in dem sie eben gewesen war. *Geh da nicht rein!*, dachte Anna. Fred ging rein. *Okay, aber nicht nach oben sehen!* Er schaute hoch. *Mist!* Er drehte sich mit dem Kopf im Nacken langsam im Kreis. *Gleich sagt er es*, dachte Anna. *Na los, sag es!*

»Exorbitant!«, murmelte Fred. Das war sein Lieblingswort. Leider hatte ihn nie jemand gefragt, was es bedeutete. Denn gerade jetzt fand er es einmal richtig passend: Nicht von dieser Welt! Er hatte im Reiseführer von einer Stalaktitenkuppel im Dach der *Sala De Las Dos Hermanas* gelesen. Von ihrem oktaedrischen Sockelgrundriss, der durch Tausende fein ziselierter Trompen in einen Kreis und dann wieder in ein Quadrat übergeleitet wird. Bla. Vermutlich würde er sich wieder jedes einzelne Wort merken, ohne es zu wollen. Aber was hatten diese Wörter schon mit dieser Sache da oben zu tun? Die Decke bestand aus mehreren Tonnen Stein und war doch schwerelos. Er drehte sich weiter. Unzählige Einzelteile fügten sich mit jedem Wimpernschlag zu immer neuen Formen zusammen. Hatte Fred eben noch deutlich acht kleine Sterne gesehen, waren ihre äußeren Ecken jetzt plötzlich Teil einer großen Blüte und traten dann hinter einem alles beherrschenden

Viereck zurück, das er vorher nicht bemerkt hatte. Es war wie ein Kaleidoskop. Nur komplizierter. Nein, eigentlich einfacher. Nein! Fred begann sich schneller zu drehen. Es war viel besser als ein Kaleidoskop: Denn alles war kompliziert und einfach zugleich. Geometrisch und natürlich. Viel und doch eins. Und dieses Licht!

»Fred!«, zischte Anna aus dem Nichts.

»Ich komme.«

Inigo

Inigo fegte. In diesem Teil des Gebäudes arbeitete er gerne. Hier war es ruhig, denn es gab nicht viel zu sehen. Es war ein Gang zwischen einigen kargen Schlafgemächern und dem Gärtchen ganz am Ende des Nasridenpalastes. Die Besucher schlenderten durch und unterhielten sich. Es gefiel Inigo, sie ab und zu heimlich zu beobachten. Er musste nur darauf achten, dass sein Chef Cascarrabia ihn nicht dabei erwischte, wie er untätig herumstand. Der machte sich nämlich einen Sport daraus, seinen Untergebenen aufzulauern. Gerade blieb ein junges Mädchen stehen, ausgerechnet vor dem Eingang des langweiligsten Raumes. Niemand blieb davor stehen. Er war für Besucher durch eine Kordel versperrt. Inigo hielt inne und stützte sich auf seinen Besen. Das Mädchen war zwölf, vielleicht dreizehn, hatte halblanges, rotblondes Haar und sah irgendwie verwegen aus. Französin, tippte er. Sie stierte geradezu dahinein. Was konnte sie an diesem Gemach interessieren? Jetzt stieß ein Junge zu ihr, er sah aus wie ihr kleiner Bruder. Inigo schätzte ihn auf zehn oder elf, man sah ihn kaum hinter seinem Armeerucksack. Das Mädchen wedelte mit einem Stück Papier und zeigte in den Raum. Sie wechselten aufgeregt ein paar Worte, Inigo konnte nicht ausmachen, welche Sprache es war. Doch dann wurden sie lauter und der Junge packte seine Schwester am Arm. Es waren Deutsche – und dort kam Cascarrabia um die Ecke! Inigo fegte.

»Das kannst du nicht machen!«, stieß Fred hervor. Doch Anna riss sich los und war schon dabei, über die Kordel zu steigen und sich die Sache aus der Nähe anzusehen.

»Das ist die Stelle, oder etwa nicht?«, raunte sie. »Der Raum von dem Foto. Dahinten haben sie gestanden. Elisa und Otto und dieser geheimnisvolle …«

»¡*Alto!*«

Anna wurde am Kragen gepackt und unsanft zurückgerissen. Sie wirbelte herum und blickte in das Gesicht eines feisten Mannes mit Doppelkinn und einem hauchdünnen Schnurrbart. Er blickte sie aus seinen winzigen Knopfaugen finster an.

»Lassen Sie mich gefälligst los, Sie Rüpel!«, rief Anna. Dann erst bemerkte sie seine dunkelblaue Uniform. Ein Aufseher. Sie wurde etwas vorsichtiger.

»Entschuldigen Sie, ich wollte eigentlich nur …«

Der Mann unterbrach sie mit einem spanischen Satz, der klang wie ein Maschinengewehr mit Schalldämpfer. Dann

33

schaute er noch durchdringender. Offenbar hatte er eine Frage gestellt. Und wollte eine Antwort!

»Ihr Haargummi«, meldete sich Fred. »Ich habe ihr Haargummi da hineingeschnippt und sie wollte es sich nur wieder …« Er verstummte sofort, als der Mann ihm sein Gesicht zuwandte.

»¡Vuestros-documentos-de-identidad!«, fuhr er ihn an. Fred guckte nur groß.

»EI-DI!«, schrie der Mann, als könne er die Sprachbarriere durch Lautstärke überwinden. »DU-JU-HAFF-EI-DI?!«

»Ich glaube, der will unsere Ausweise sehen«, raunte Anna ihrem Bruder zu, über die Hand hinweg, die ihren T-Shirt-Kragen weiterhin fest umklammert hielt.

»Señor Cascarrabia?«

Neben ihnen war aus dem Nichts ein Junge aufgetaucht, der ebenfalls die blaue Aufseher-Uniform trug und einen Besen in der Hand hatte. Er mochte ein Jahr älter als Anna sein, hatte dunkles, sorgfältig gescheiteltes Haar und mandelförmige Augen. Er sprach in sanftem Ton einige Sätze auf Spanisch mit dem Dicken. Anna musterte ihn dabei skeptisch. Er hatte etwas allzu Vertrauenerweckendes an sich. Das gefiel ihr nicht, sie konnte es sich nicht erklären. Doch auf den aufgebrachten Mann schien es zu wirken. Denn sein Griff an ihrem Hals lockerte sich und sein Tonfall wurde leiser, während er mit dem Jungen sprach. Schließlich ließ er Anna ganz los, brabbelte in ihre Richtung etwas, das möglicherweise eine trotzige kleine Entschuldigung sein konnte, und zog dann ab. Der Junge lächelte Anna an.

»Puh, danke!«, sagte Fred. »Äh, ähm, ich meine … *Gracias!*«

»Hey, du kannst Spanisch?«, sagte der Junge, indem er seinen Blick von Anna löste und nun Fred ansah.

»Äääääh, *no!*« Fred schluckte und versuchte, sich an die paar Fetzen Spanisch zu erinnern, die er vorvorletzten Sommer in Barcelona aufgeschnappt hatte: »Äh, also … *sólo un poco …*« Anna verdrehte die Augen.

»Brüderchen? Fällt dir nichts auf? Der Typ spricht Deutsch, du Hirni.«

»Ja, sogarr ganz gut. Meine Mutterr stammt vom Niederrrhein«, erklärte der Junge. Er sprach tatsächlich fast akzentfrei, nur sein S klang etwas scharf und er rollte das R mit der Zunge. Er streckte Fred die Hand entgegen.

»*Yo soy Inigo.*«

»Ich bin der Fred«, sagte Fred. Sie schüttelten sich die Hände.

»Derrfrred?« Inigo schien kurz zu überlegen. »Gut. Und du?«

»Anna«, sagte Anna. Er ergriff ihre Hand und schüttelte sie heftig, obwohl sie sie ihm gar nicht hingehalten hatte.

»Frreut mich, euch kennenzulerrnen.«

»Ebenfalls«, sagte Fred. »Und nochmals vielen Dank für die Hilfe! Was hast du denn zu dem Mann gesagt?«

»Zu Cascarrabia? Oh, err ist derr Chef hierr. Und immerr zorrnig.« Inigo lachte. »Aberr wenn man ihn kennt, geht es. Err ist total verrgesslich, wisst ihrr. Man kann ihm alles Mögliche errzählen. Ich habe gesagt, ihrr seid …« Er stockte und sah kurz von Fred zu Anna. »Ist nicht so wichtig, ich habe ihm ein kleines Märrchen errzählt. Aberr sagt mal, was wolltet ihrr eigentlich da drrin?«

»Mein Haargummi«, entgegnete Anna schnell. »Mein Bruder hat es herumgeschnippt und da …«

»Schon gut!«, unterbrach Inigo. »Das habt ihrr zu Cascarrabia gesagt. Aberr ich bin nicht so wie err.« Er schien plötzlich eingeschnappt. »Ihrr dürrft da jedenfalls nicht rrein. Wenn ich euch errwische, muss ich das melden. Ich fege jetzt weiterr.« Damit wandte er sich ab.

Fred ging ihm nach und sagte: »Warte doch!«

Inigo drehte sich sofort wieder um. Anna glaubte nicht, dass der Kerl tatsächlich beleidigt war, es war nur Theater. Er schien auf etwas Bestimmtes hinauszuwollen.

»War doch nicht so gemeint«, beschwichtigte ihn Fred. »Weißt du, wir müssen da drin nur schnell etwas … nachsehen. Ich weiß nicht, ob ich dir das erklären kann, es ist …« Er blickte fragend zu Anna. Sie schüttelte den Kopf.

»Es ist ein Geheimnis, wie?«, sagte Inigo und nickte versonnen. »Das habe ich mirr schon gedacht. Tja. Geheimnisse soll man nicht verrraten. Das ist schade, denn vielleicht hätte ich euch helfen können.«

Damit drehte er sich erneut weg. Jetzt hatte Anna die Nase voll von dem Geplänkel.

»So, Spanier, jetzt reden wir mal Tacheles!«, rief sie und baute sich vor Inigo auf. »Nummer eins: Wir müssen da mal schnell rein und machen auch nichts kaputt. Nummer zwei: Du musst überhaupt nichts melden! Du hast gerade eben deinen Job riskiert, um uns zu helfen. Also: Bist du bloß neugierig?! Warum lässt du uns nicht einfach machen? Was willst du?«

Inigo blickte sie eine Weile sprachlos an, dann wandte er sich an Fred.

»Ist deine Schwesterr immerr so?«

Fred nickte grinsend.

»Gut«, sagte Inigo. »Pass auf, Anna. *Primero:* Mein Ferrienjob hierr ist langweilig und ich bin neugierig! Ich glaube, ihrr habt da drrin etwas Spannendes vorr, und ich will wissen, was es ist. *Segundo:* Ihrr wollt, dass ich euch helfe, aberr ohne … wie heißt das? Gegenleistung! Das ist nicht fairr. Ich kann euch nämlich vielleicht mehrr helfen, als du denkst. Ein bisschen Vertrrauen musst du aberr haben, ich werrde euerr Geheimnis schon nicht verrraten. *Y tercer:* Alles so dirrekt zu sagen gilt hierr bei uns als sehrr unhöflich! Aber mach dirr nichts darraus, ich kenne das von meinerr Mutterr. Die Leute sind wohl so, da wo du herrkommst.«

Jetzt war es an Anna, baff zu sein. Fred griff ein. Er nahm seine Schwester ein Stück beiseite, um die Lage zu besprechen. Inigo stützte sich gelassen auf seinen Besenstiel, während die beiden tuschelten.

Dann wandte sich Fred an ihn: »Okay, wir haben beschlossen, du bist in Ordnung. Also, die Sache ist die: Wir sehen vielleicht nicht so aus, aber wir sind Rätselspezialisten. Deshalb hat uns ein berühmter Kryptologe in Deutschland sein Museum vererbt!«

»Krrypto… *cómo?*«

»Geheimschriften-Experte. Rätselknacker.«

Inigo nickte mit gerunzelter Stirn.

»Er hieß Graf Otto von Finkenstein«, fuhr Fred fort. »Wir sind seine Erben. Und jetzt haben wir entdeckt, dass dieser Mann hier auf der Alhambra, genauer gesagt in diesem Raum da, ein Geheimnis versteckt hat. Wir müssen herausfinden, was es ist. Pass auf, ich zeige es dir.«

Fred setzte seinen Rucksack ab und kramte einen Taschenspiegel heraus. Dann ließ er sich von Anna das Foto geben.

»Siehst du, das wurde da drinnen aufgenommen, vor vierzig Jahren.«

Inigo verglich den Raum mit dem Foto. Wieder nickte er konzentriert. Fred zeigte mit dem Finger auf eine Stelle hinter Graf Ottos Schulter.

»Jetzt guck dir diesen arabischen Schriftzug hier an! Fällt dir etwas auf?«

Inigo guckte auf das Foto, dann in den Raum, kniff ein Auge zu und schüttelte schließlich den Kopf. Fred gefiel es, dass Inigo kein überflüssiges Wort verlor. Der Typ war voll bei der Sache. Mit schwungvoller Geste hielt Fred nun den Spiegel neben das Foto. »Und jetzt?«

»Wie heißt dieserr Grraf noch mal?«, flüsterte Inigo. Fred lächelte nur, sagte aber nichts.

»F-i-n-k-e-n-s-t-e-i-n«, buchstabierte Inigo den gespiegelten Schriftzug. Dann blickte er auf. »Das steht tatsächlich da drin.« Er war sichtlich beeindruckt.

»Hast du gesagt, euch gehörrt ein Museum fürr Rrätsel?«

»Mhm.« Fred strahlte.

»Aberr ihrr seid Kinderr!«

»Ja und?!«, meldete sich Anna ziemlich lautstark aus dem Hintergrund.

Doch Fred nahm sofort wieder das Heft in die Hand: »Das stimmt! Es gehört uns beiden und Opa Drechsler.«

»Euch und eurrem Opa?«

»Ja.«

»Gut«, sagte Inigo. »Ich glaube dirr, Derrfrred.« Jetzt lächelte er verschmitzt. »Weißt du, was komisch ist? Das Märrchen, das ich vorrhin errzählt habe, ist auf einmal garr keins mehrr. Ich habe zu Cascarrabia gesagt: Heute fängt doch derr Worrkshop an!«

»Welcher Workshop?«, fragte Fred.

»Genau das hat derr Dicke auch gefrragt.« Inigo kicherte. »Ich sage: Derr Worrkshop, wo Tourristenkinderr lerrnen können, wie man ein Museum führrt. Derr heute anfängt. Dafürr haben Sie doch selbst unterrschrrieben!

Haben Sie das etwa verrgessen? Und diese beiden da sind eingeteilt, dass sie mirr putzen helfen.« Inigo strahlte. »Ja, und jetzt könnt ihrr lerrnen, wie man es macht!«

Er drückte dem verdutzten Fred den Besen in die Hand und zeigte auf den Eingang des verbotenen Raums.

»Ihrr könnt da drrin anfangen!«

Punkte und Striche

»Ich bin hier drüben!« Udo winkte ihnen von einem Postkartenstand gegenüber vom Café Washington Irving zu. »Ich habe wohl einen Espresso zu viel getrunken, konnte schon nicht mehr stillsitzen. Und? Wie war es? Seid ihr fündig geworden?«

Während Anna und Fred mit ihm durch ein kleines Wäldchen hinunter in die Stadt spazierten, berichteten sie Udo, was geschehen war. Fred, der damit anfing, wortreich von dem Palast zu schwärmen, wurde ziemlich fix von Anna unterbrochen, die direkt zu den Fakten kam: dass sie mit Inigos Hilfe in den Raum gelangt waren, drinnen alles gründlich untersucht hatten – besonders um die Fliese mit dem Finkenstein-Schriftzug herum –, aber weiter nichts Auffälliges hatten entdecken können …

»Außer Punkten und Strichen!«, warf Fred gut gelaunt dazwischen. Auf Udos fragenden Blick hin holte Anna noch einmal das Foto hervor. Sie machte ihn auf die schmale Umrandung des Schriftzugs aufmerksam. Ihnen war vor Ort etwas aufgefallen, was auf dem Bild kaum zu erkennen war. Nämlich dass das regelmäßige Strich-Punkt-Muster dieser Umrandung an zwei Stellen von einer ganz *unregelmäßigen* Abfolge von Punkten und Strichen unterbrochen wurde. Das musste ein Code sein, das zweite Rätsel! Fred kramte jetzt sein Notizbuch aus dem Rucksack. Darin hatte er den Code sorgfältig aufgezeichnet.

-... .-.. . .. ... - .. ..-. - .. -- -- . -..- ... .- .-.

Striche und Punkte — kennst du einen Code, der daraus besteht?

»Anna, unsere alte Pfadfinderin, hat auch schon eine ziemlich gute Idee, was dahinterstecken könnte!«, sagte Fred.

»Holla!«, rief Udo und knuffte Anna freundlich in die Seite. Sie versuchte, sich ihren Stolz nicht anmerken zu lassen, und holte schon Luft, um ihm ihre Theorie auseinanderzusetzen, doch er fragte gar nicht danach, sondern sagte nur: »Klasse, dann seid ihr dem alten Otto ja wieder tüchtig auf der Spur, Leute!«

Mit Udo Drechsler konnte man Pferde stehlen, weil er verständig und verschwiegen war. Aber fürs Rätseln war er – im Gegensatz zu seinem Vater – eben einfach nicht der Typ. Ihn interessierte etwas anderes. »Du hast fast nichts von diesem Jungen erzählt, den ihr kennengelernt habt, Anna. Ist er nett?«

»Ja!«, sagte Fred.

»Geht so«, sagte Anna.

»Jetzt hör aber auf! Er hat uns, ohne zu zögern, aus der Patsche geholfen.«

»Er ist neugierig.«

»Und das hat er auch offen zugegeben«, sagte Fred. »Außerdem musst gerade du das sagen! Ich finde, er hat uns einen fairen Deal angeboten.«

Udo blickte amüsiert zwischen den beiden hin und her.

Fred erklärte ihm begeistert: »Inigo ist nämlich jetzt unser *Insider*. Kennt die Alhambra wie seine Westentasche und kann uns alles zeigen. Auch die Stellen, wo Touristen sonst nicht hindürfen, sagt er. Er hat mir seine Handynummer gegeben!«

»Nicht schlecht«, sagte Udo. »Und was will er dafür?«

»Na ja, er …«

»… ist ein Idiot und wir brauchen ihn nicht«, murmelte Anna. Fred zuckte nicht mit der Wimper.

»… Inigo glaubt, wir suchen einen alten Maurenschatz«, fuhr er fort. »Davon konnte ich ihn nicht abbringen. Was soll er auch denken, wenn wir ihm nicht verraten, worum es in Wirklichkeit geht? Anna besteht darauf, dass er nichts von der Mordgeschichte erfährt.«

Udo grinste und stupste Anna an.

»Ein Maurenschatz? Das klingt mir aber eher nach einem Romantiker!«

»Er will fünf Prozent«, sagte Anna.

Jetzt lachte Udo laut auf.

Als sie in der Stadt schon um ein paar Ecken gebogen waren, zückte Udo seinen Plan, musterte ihn kurz und sagte: »Wenn wir hier geradeaus gehen, sind wir am schnellsten am Botanischen Garten.« Dort wollten sie sich nämlich mit Mama in einem Restaurant treffen. »Durch die *Calle de Lucena* hier links würden wir wohl einen kleinen Umweg machen.«

Schon fast im Gehen stutzte Udo und griff in seine Tasche: »Moment mal. In dieser *Calle de Lucena* war doch auch …« Er holte eine kleine gelbliche Visitenkarte hervor. »Ja. Das Antiquariat.« Er blickte von Fred zu Anna. »Diese Karten hat oben im Café ein netter älterer Herr verteilt. Ich will da die Tage mal vorbeischauen. Egal. Also: hier geradeaus.«

Anna hielt ihn am Ärmel fest. »Warte mal. Antiquariat, da kriegt man alte Bücher, stimmt's?« Sie tauschte einen kurzen Blick mit Fred, der sofort verstand, worauf sie hinauswollte.

»Genau«, sagte Udo. »Die Art von Läden, an denen mich eure Mutter immer ganz schnell vorbeizieht.« Er grinste ins Leere. »Wie ich sie an Schuhgeschäften.«

»Ja, ja«, sagte Anna und zeigte in die Gasse. »Was steht da vorne auf dem Ladenschild?«

Udo lächelte. »Das ist ein Wortspiel auf Englisch. Könnte man in dem Fall vielleicht mit *Altpapier* übersetzen. Etwas, das keinen mehr interessiert. Drunter auf Spanisch heißt es: *Gebrauchte Bücher aus aller Welt*. Das ist das Antiquariat.«

»Sehr schön«, sagte Fred, »können wir kurz rein-

gehen? Vielleicht finden wir da etwas, das uns weiterhilft.«

Yesterday's Papers

Als sie den Laden betraten, bimmelte schüchtern ein kleines Messingglöckchen über der Tür. Vor ihnen lag ein schmaler Raum, der sich nach hinten zu im Dämmerlicht verlor. An den Wänden standen Regale, die bis unter die Decke reichten und mit Büchern aller Art vollgestopft waren. Auf einigen Tischen häuften sich weitere Bücher. Unter den Tischen türmten sich Stapel großer Folianten. Vor dem trüben Fenster war ein kleiner Tresen mit Schreibutensilien und einer antiken Registrierkasse, daneben stand eine Klappleiter. Es roch stockig und ein bisschen nach Pfeifenrauch, dabei aber seltsam anheimelnd.

»Hier kommt man sich ja vor, als wäre man am Ende selber in einer Geschichte aus einem verstaubten Buch gelandet«, flüsterte Udo. Anna und Fred nickten.

»Oder in unserer Bibliothek auf Finkenstein«, sagte Fred. »Fehlen eigentlich nur die Ledersessel.«

Im Hintergrund öffnete sich zwischen zwei der Regalwände eine schmale Tür. Heraus tappte ein schmächtiger alter Herr mit Halbglatze, in der einen Hand ein Buch, in der anderen einen Gehstock. Er hob kurz den Stock und begrüßte sie auf Spanisch. Dann machte er sich bedächtig schlurfend auf den Weg zu seinem Verkaufstresen. So gebückt, wie er ging, fragte sich Anna, ob ihm seine buschigen Augenbrauen nicht völlig die Sicht versperrten. Er trug eine enge Strickweste über seinem strahlend weißen Hemd und eine sorgfältig gebundene schwarze Fliege. Er legte seinen Stock auf den Tresen, fummelte ein Lesezeichen aus einer Schublade und schob es umständlich an die Stelle in seinem Buch, wo er vorher den Zeigefinger gehabt hatte. *Eilig darf man es hier drin nicht haben*, dachte Anna belustigt. Endlich wandte er sich ihnen zu und lächelte freundlich.

»¿*En qué puedo servirle?*«

Udo lächelte achselzuckend zurück und wandte sich dann an Anna und Fred. »Was suchen wir eigentlich?«

»Ein Buch über das Morsealphabet«, antwortete Fred. »Kannst du ihm das verklickern?«

»Na ja, ich … puh.«

45

»Das ist gar nicht notig«, meldete sich der alte Herr gut gelaunt. »Ich kann nämlich ein bisschen von Ihrer Sprache. Und ich glaube, ich habe das richtige Ding fur dich, junger Mann!« Während er seinen Stock über die Kasse schwang und sich auf die behäbige Reise in den hinteren Bereich des Ladens begab, stellte er sich als Mr Chapel vor und erzählte, dass er ursprünglich aus London komme und früher viel gereist sei, auch nach Deutschland. Hier in Granada sei er dann mehr oder weniger zufällig hängen geblieben. Anna gewann den Eindruck, dass er nicht allzu viel Kundschaft hatte, denn er schien sich sehr darüber zu freuen, dass er ein wenig plaudern konnte.

»Ich habe das fruher ubrigens auch gerne gemacht, das Morsen«, erklang seine krächzige Stimme hinter einem der Bücherstapel. »Wir haben uns in der Klasse immer Nachrichten zugeblinzelt.« Er lachte. »Aber das ist Wasser unter der Brucke … Ah, hier ist es ja.« Er tauchte wieder auf und hielt ein dünnes Bändchen hoch.

»Wow, das ist ja sogar auf Deutsch!«, sagte Fred, der es entgegennahm. »Super! Genau, was wir brauchen.«

»Naturlich, ich habe es gesagt, nicht wahr?« Mr Chapel war sichtlich zufrieden mit sich. »Und sieh mal hier. Da sind Merkworter drin und kleine Bilder, mit denen kannst du das leichter auswendig lernen, wenn du willst.«

Das Morsealphabet mitsamt den Merkwörtern und Bildern findest du übrigens auch ganz hinten in diesem Buch hier. Damit kannst du Anna und Fred mit dem Codeknacken zuvorkommen!

»Prima, vielen Dank, Mr Chapel. Was kostet das Buch?«, fragte Udo.

»Sagen wir … ein Euro funfzig?«

Udo lächelte und langte in seine Tasche.

»Oh, Mist! Sag mal, Anna, hast du Geld dabei? Oder du, Fred?« Sie schüttelten die Köpfe. »Dann müssen wir leider noch einmal wiederkommen. Mein Portemonnaie ist in der Handtasche eurer Mutter. Die paar Münzen, die ich so in der Tasche hatte, haben gerade für den Kaffee gereicht.« Der alte Mr Chapel winkte ab.

»Macht nichts. Sie kommen zum Bezahlen, wenn Sie wieder sind in der Nähe, an einem dieser Tage. Das Buch nimmst du aber mit, junger Mann. Ich kann doch sehen, dass es wichtig fur euch ist.«

»Wow, echt?«, rief Anna. »Haben Sie keine Angst, dass wir nicht zurück-kommen?«

Mr Chapel lachte. »Ihr kommt bestimmt zuruck, da habe ich keine Zweifel. Und falls doch nicht, dann kostet mich das auch nicht einen Arm und ein Bein!«

»Komischer Kauz«, sagte Anna, als sie wieder draußen waren. »Irgendwie putzig. Was der für ulkige Sachen gesagt hat. Wieso einen Arm und ein Bein?«

»Das waren englische Redensarten«, meinte Udo. »Wenn du *komischer Kauz* wörtlich ins Englische übersetzt, dann lachen dich die Briten auch aus. Die sagen dazu nämlich *seltsamer Fisch.*«

»Aber wie schnell der dieses Buch gefunden hat!«, rief Fred. »Bei dem Tempo, mit dem er sich bewegt hat, dachte ich, wir stehen morgen früh noch da drin.«

»Denkt bitte auf alle Fälle daran, ihm sein Geld zu bringen«, sagte Udo. »Es geht ihm ja nicht um die paar Cent. Aber er wäre sonst enttäuscht.«

Endlich vollzählig

Beim Essen mit Mama schlangen Anna und Fred ihre Paella in Windeseile hinunter, denn sie konnten es jetzt nicht mehr erwarten, endlich Opa Drechsler vom Busbahnhof abzuholen: ihm von ihren Erlebnissen zu berichten, gemeinsam mit ihm den Morsecode zu entschlüsseln und wieder voll ins Rätselgeschäft einzusteigen.

Wenig später trat der alte Herr mit zwei altmodischen

Lederkoffern aus der Bahnhofshalle und grinste von einem Ohr zum andern. Anna und Fred sprangen aus dem Auto und rannten ihm entgegen.

»Ihr werdet mich doch nicht etwa vermisst haben, ihr zwei Rübennasen«, gluckste Opa Drechsler, als sie ihm beide gleichzeitig um den Hals fielen. »Hey, ihr brecht mir ja noch die müden alten Knochen!«

Anna lachte, ließ ihn los und sah ihm freudig zu, wie er sich mit Fred am Hals noch eine Runde im Kreis drehte. Von wegen müde, dachte sie. Verglichen mit Mr Chapel, den sie ungefähr im selben Alter schätzte, nämlich Anfang siebzig, erschien ihr Opa Drechsler jetzt geradezu wie ein junger Springinsfeld. Mit seinen immer verstrubbelten weißen Haaren, den verschmitzten Augen hinter seiner winzigen Brille und dem tatenfrohen Lächeln, das hinter seinem großen Schnurrbart versteckt war, wirkte er auf Anna, als könnte er die ganze Welt aus den Angeln heben. Und das schien er auch vorzuhaben. Er winkte in Richtung Mama und Udo, die lächelnd an den Wagen gelehnt standen, griff sich seine Koffer und raunte: »Jetzt lasst uns mal schnell diese zwei Langweiler da vorne loswerden und dann zur Sache kommen. Wir haben einen Fall zu lösen!«

Auch die Erwachsenen nahmen sich gegenseitig in die Arme, wenn auch nicht ganz so stürmisch. Opa Drechsler erzählte, dass er am Abend zuvor übers Internet ein unglaublich günstiges, geräumiges Dreizimmerapartment ergattert habe. Ob Mama daher etwas dagegen hätte, wenn er ihr die Kinder nicht nur tagsüber, sondern gleich für die ganze Woche entführen würde? Fred und Anna strahlten sich an. Mama zierte sich zunächst ein wenig, schien aber Annas schlagendem Argument von heute Vormittag – der Sache mit der *romantischen Zweisamkeit* – nach wie vor wenig entgegensetzen zu können. Oder zu wollen. Vor allem, nachdem Udo ihr seinen Standpunkt dazu ins Ohr geflüstert hatte. Auf der Fahrt zum Hotel spulte sie zwar ihre üblichen eindringlichen Ermahnungen ab, denen alle drei mit ernstem Nicken und viel *Klar doch!*, *Aber nein!* und *Wir doch nicht!* lauschten. Ließ sich dann aber in bester Stimmung am Hotel absetzen, schob ihnen ihre Reisetaschen auf den Rücksitz und winkte hinterher, als Udo sie zu Opa Drechslers Ferienwohnung brachte. In das alte, verwinkelte Stadtviertel *Albaycín* auf dem Hügel direkt gegenüber der Alhambra.

Die Wohnung war im oberen Stockwerk eines alten weiß getünchten Häuschens am Ende einer schmalen, steil ansteigenden Gasse. Dort fanden es die Kinder auf Anhieb viel gemütlicher als in dem schnieken Hotelzimmer im Realejo.

»Wartet, bis ihr das Beste gesehen habt«, sagte Opa Drechsler. »Ich hoffe, es sieht tatsächlich so aus wie auf den Fotos.« Er führte sie eine Holzstiege nach oben, die vom Wohnraum ausging, und öffnete eine schmale Tür: »Die Dachterrasse!«

Die Terrasse selber war gerade groß genug für einen Holztisch, vier Stühle und einige Tontöpfe mit Grünpflanzen. Aber die Aussicht war ziemlich okay! Anna und Fred blickten auf ein Meer von fleckigen ockerfarbenen Dachziegeln, über Antennen und windschiefe Schornsteine hinweg, zwischen den Wipfeln einer Palme und einer großen Zypresse hindurch – direkt auf die nur ein paar Hundert Meter Luftlinie entfernte Alhambra. Sie wurde von der bereits sinkenden Sonne seitlich angestrahlt, im Hintergrund leuchtete ein schneebedeckter Gebirgszug. Jau, hier konnte man arbeiten!

Was sie auch sofort taten. Fred holte das Morsebuch und seine Notizkladde hervor, Opa Drechsler stellte Limo auf den Tisch und los ging's: »Strich-Punkt-Punkt-Punkt.«

»B.«

»Punkt-Strich-Punkt-Punkt.«

»L.«

Und so weiter. Kurz darauf stand in Freds Notizbüchlein:

BLEISTIFTIMMEXUAR

»Bleistift im was?«, fragte Anna. »Ist das richtig?«

»Moment mal.« Fred kramte den Reiseführer heraus. »Volltreffer, *Mexuar*. Das war der erste Saal im Nasridenpalast, durch den wir gekommen sind.«

»Na dann, nichts wie hin und nach einem Bleistift suchen!«, rief Opa Drechsler. Doch Anna machte ein langes Gesicht.

»Tja, heute kommen wir da aber nicht mehr rein. Wir können froh sein, wenn wir noch Karten für morgen kriegen.«

»Ach, so ist das. Hm.« Der Alte kratzte sich am Kopf. »Am Samstag geht unser Flieger. Heute ist Dienstag. Das heißt, uns bleiben eigentlich nur …«, er zählte schnell an den Fingern, »etwa dreieinhalb Tage. Wenn wir davon die Hälfte der Zeit mit Warten verbringen müssen, könnte es schwierig werden. Ihr wisst ja, dass Otto sich nicht mit ein oder zwei Rätseln begnügt hat, wenn er etwas gut verstecken wollte.«

Fred lehnte sich zurück und betrachtete entspannt seine Fingernägel. Anna sah ihm dabei zu. Sie sagte nichts. Sie sagte doch etwas:

»Okay, Brüderchen. Du hast gewonnen. Ruf ihn von mir aus an!«

Opa Drechsler blickte sie fragend an. Anna erzählte ihm von Inigo und dass er ihnen seine Hilfe angeboten hatte.

»Aber das ist doch toll«, sagte der Alte, »oder nicht?«

»Ja, schon. Ja, wahrscheinlich hast du recht«, antwortete sie. Dann hörten sie beide Fred beim Telefonieren zu. Er berichtete Inigo von der Lösung des Strich-Punkt-Codes. Inigo erklärte sich sofort bereit, sie durch eine Hintertür in den Mexuar zu schleusen, sobald der Palast geschlossen und die Besucher draußen waren. Er beschrieb Fred die Tür, vor der sie um halb neun unauffällig warten sollten. Fred legte auf und sah auf die Uhr. Es war Viertel vor sechs. Sie hatten also noch genügend Zeit, sich in der Wohnung ein bisschen einzurichten, einzukaufen und Abendbrot zu essen. Dann zogen sie los, immer noch früh genug, um den Anblick der Stadt im Abendrot bestaunen und sich oben auf der Burg umsehen zu können.

Mexuar

Sie hatten gut daran getan, schon vor der verabredeten Zeit aufzutauchen. Denn Inigo hatte sie gewarnt, dass die fragliche Tür nur über einen kleinen Garten erreichbar war, den Besucher nicht betreten durften. Sie mussten eine Ewigkeit auf den passenden Moment warten, bis endlich kein Passant mehr in Sicht war, um dann schnell dort hineinzuhuschen und im Schutz eines schmalen Säulenganges am anderen Ende des Palastgebäudes um die Ecke zu verschwinden.

»Pssst!«

Inigo lugte aus der einen Spaltbreit geöffneten Tür und winkte sie heran.

»Ihrr müsst ganz leise sein. Und wirr haben nicht viel Zeit, denn um neun machen die Sicherrheitsleute ihrren Kontrrollgang und schließen alles zu.«

Sie schlüpften durch die Tür. Fred stellte kurz im Flüsterton Opa Drechsler vor, und während dieser Inigo noch freudig die Hand schüttelte, übernahm Anna das Kommando.

»Okay, Leute«, sagte sie mit gedämpfter Stimme, »plaudern könnt ihr, wenn das hier erledigt ist. Nummer eins:

Es ist kaum zu erwarten, dass hier seit Jahrzehnten ein wirklicher Bleistift herumliegt. Wir suchen also nach etwas, das irgendwie Ähnlichkeit mit einem Bleistift hat, wahrscheinlich etwas in den Mustern.« Sie blickte sich um. »Sonst gibt es hier ja auch nicht viel.«

In der Tat war der rechteckige, in rötliches Dämmerlicht getauchte Saal bis auf zwei schmale Säulen in der Mitte und einen einsamen Stuhl in der Ecke völlig leer. Doch er war etwa zehn mal zwanzig Meter groß und rundherum waren die Wände vom Boden bis in Hüfthöhe mit kleinteiligen Kachelmustern bedeckt, und ebenso der Fußboden.

»Nummer zwei: Es gibt hier drei Eingänge und nichts, wo man sich notfalls verstecken kann. Inigo! Von wo kommen die Wachen? Und kommen die pünktlich oder eventuell schon *vor* neun?«

»Wie bitte?«, fragte Inigo irritiert.

Anna verdrehte die Augen. »Opa Drechsler, Fred! Ihr übernehmt schon mal die Längsseiten der Wände. Und Fred: Lass dich nicht ablenken, es geht um den Bleistift!« Die beiden machten sich, ohne zu zögern, ans Werk und suchten die Wände ab. Anna wandte sich wieder an Inigo.

»Also, Spanier. Was ist los? War ich zu schnell für dich oder wieder zu direkt? Oder ist es, weil ich ein Mädchen bin?! Wir sind nämlich ein Team, kapierst du das? Wenn du bei uns mitmachen willst, musst du dich einfügen, klar?«

Inigo sah sie staunend an. »Ich weiß nicht, was heißt *eventel,* und das wollte ich fragen. Egal. Ich denke es mir. *Dorrt* werrden die Wachen herrkommen.« Er zeigte auf den Durchgang an der Längsseite. »Meistens sind sie fünf oderr zehn Minuten zu spät, aberr nicht immerr. Nie zu frrüh. Diese Türr«, er deutete hinter sich, »ist schon abgeschlossen und diese«, er deutete nach vorn, »führrt in einen kleinen Nebenrraum. Gut? Außerrdem hast du ein lustiges Fältchen hierr oben an derr Stirrn, wenn du so zorrnig bist.«

Anna fuhr sich unwillkürlich über die Stirn. Jetzt hatte der Kerl sie völlig aus dem Konzept gebracht. Kopfschüttelnd sagte sie: »Okay, du stehst an dem Durchgang Schmiere, wo die Wachen herkommen. Ich suche die Schmalseiten ab.«

»*Schmierre* heißt, ich passe auf, rrichtig?« Bevor Anna antworten konnte, kicherte er und fügte hinzu: »Oh, ich bin schon weg. Da ist wiederr dieses Fältchen …«

Fred sah auf die Uhr. Zwei vor neun. Zwanzig Minuten hatten sie Zeit gehabt und jetzt waren schon achtzehn davon verstrichen. Unglaublich, wie viele winzige Kacheln in diesem Saal verarbeitet waren. Fred tränten schon die Augen, so sehr musste er sich konzentrieren. Denn inzwischen war das Licht so schummrig, dass man kaum noch etwas erkennen konnte. Wo die anderen waren, konnte er nur noch erahnen. Hoffentlich war heute einer der Tage, an denen die Wachleute Verspätung hatten.

»Wie sieht's aus, Spanier?«, hörte er Anna wispern.

»Keine Maurren an der Küste!«, kam es vom Durchgang.

»Was?!«

»Spanische Redensart. Er meint: Die Luft ist rein!«, ließ sich Opa Drechsler aus der dunkelsten Ecke des Saales hören. Fred schaute grinsend zurück zu seiner Wand. Und dann kam einer dieser Augenblicke, die man nicht vorhersehen kann. Fred sagte: »Da ist der Bleistift!«

Gleichzeitig flüsterte Inigo rechts von ihm: »Ich glaube, da vorrne kommen sie!«

Und im selben Moment machte es irgendwo ganz hinten im Saal plötzlich *Klack*! Die Tür, auf die niemand geachtet hatte, weil sie ja schon abgeschlossen war, öffnete sich mit lautem Knarren. Der grelle Lichtkegel einer Taschenlampe durchschnitt den Saal, huschte hin und her, blieb stechend mitten in Freds Gesicht hängen. Eine Stimme wie ein Maschinengewehr nagelte ihn quer durch den Saal an die Wand.

»*¡Qué-coño-haces-aquí!*«

»*¡Señor Cascarrabia!*«, rief Inigo und ging mit ausgebreiteten Armen auf das Licht zu. Dabei ließ er einen Satz los, der Fred vorkam wie das Alte Testament auf Spanisch in sieben Sekunden.

»*¡Calla-esa-boca!*«, schnauzte das Maschinengewehr hinter der Lampe. Inigo verstummte und blieb stehen. Der Lichtkegel fuhr zweimal an Fred hoch und runter, strich durch den Raum und erwischte Anna, die glotzte wie ein Reh nachts auf der Landstraße. Zwei Sekunden. Dann fegte das Licht weiter durch den Raum. Hierhin, dorthin. Fred dachte konzentriert nach. Für seine Schwester und ihn selbst schien sich Cascarrabia nicht weiter zu interessieren. Was bedeutete, dass Inigo ihm irgendeine plausible Erklärung geliefert haben musste, warum der *Workshop* noch im Gange war. Doch wenn er Opa Drechsler entdeckte, war der Spaß vorbei … Der Lichtkegel huschte umher – schwupp, schwupp, schwupp. In Kopfhöhe war Opa Drechsler nirgends zu sehen. Doch Cascarrabia war nicht dumm. Jetzt leuchtete er systematisch den ganzen Boden ab, von einer Saalecke zur anderen. Fred hielt die Luft an. Nichts. Nur gemusterte Kacheln. Der Alte konnte eigentlich nur in den kleinen Nebenraum geflüchtet sein.

In diesem Moment betraten die zwei Wachleute links neben Fred den Saal. Einer trug einen immensen Strahler. Im Nu war alles erleuchtet. Fred blickte ängstlich umher. Kein Opa Drechsler. Er linste unwillkürlich in Richtung Nebenraum. Als er sich wieder umdrehte, sah er Cascarrabia jetzt überdeutlich im Licht des Strahlers. Genauso wie dieser ihn sah. Cascarrabia folgte seinem Blick, grinste fies und ging geradewegs auf den kleinen Nebenraum zu. Im Vorbeigehen fasste er den Wächter mit dem Strahler am Arm und zog ihn mit sich, alle anderen folgten, auch Fred, der sich auf die Unterlippe biss. ... *Zosch!* Der Nebenraum war jetzt hell erleuchtet. Kein Opa Drechsler. Der Alte hatte sich in Luft aufgelöst!

Jetzt fand wieder einer dieser Wortwechsel zwischen Inigo und seinem Chef statt, bei dem Fred überlegte, dass ein Spanier in seinem Leben wahrscheinlich die dreifache Menge an Wörtern von sich gibt wie ein Deutscher. Und wieder schien Inigo den Bogen rauszuhaben, wie er seinen Chef beruhigen konnte. Denn kurz darauf rückte Cascarrabia mit seinen Mitarbeitern und einem argwöhnischen Funkeln in den Augen ab.

Keine drei Sekunden später hörte man ein leises Quietschen in der Mitte des großen Saales. Opa Drechsler rutschte ganz langsam von einer der beiden Säulen herunter. Dort also hatte er sich minutenlang unter der Decke festgeklammert! Mit verzerrtem Gesicht schüttelte er die Hände aus und lehnte sich einen Augenblick lang schwer gegen die Säule.

»Im Film würde ich jetzt wohl sagen: Ich bin zu alt für diesen Scheiß!«, stöhnte er.

»Wow!«, sagte Anna. »Da oben hätte *ich* mich ja kaum halten können.«

Das war aus ihrem Mund ein echtes Kompliment, denn

sie war berühmt für ihre Kletterkünste. Opa Drechsler richtete sich langsam auf und winkte grinsend ab. »Wo hast du denn nun den Bleistift gefunden, Derfred?«

 Weißt du, wo?

Elisas Brief

Fred zeigte ihnen die Stelle mit der Bleistiftkachel nahe beim Durchgang, wo Inigo gestanden hatte. Die Kachel war herausnehmbar und dahinter befand sich ein schmales Geheimfach. Sie fanden drei Dinge darin: einen Brief, der an Otto von Finkenstein adressiert war, eine Karte der Alhambra und einen schmalen Streifen Papier. Den Brief ließ Anna mit einem kurzen Seitenblick auf Inigo flugs in ihrer Tasche verschwinden, bevor er ihn überhaupt zu sehen bekam. Die Karte musste für die weitere Rätseljagd wichtig sein, das wussten Anna, Fred und Opa Drechsler sofort. Denn auch beim letzten Mal hatte Otto von Finkenstein einen Plan gezeichnet, auf den sie immer wieder hatten zurückgreifen können. Wahrscheinlich enthielt diese Karte versteckte Hinweise. Der Papierstreifen schließlich zeigte auf der einen Seite eine unverständliche Buchstabenfolge und einen kleinen Pfeil, auf der anderen die Worte: *Für einen Engländer ist dies eine Himmelserzählung.*

Die Karte hast du sicher ganz vorne im Buch schon längst gesehen, den Papierstreifen kannst du vom Rand dieser Seite abschneiden. Falls dir diese Art Geheimschrift zufällig schon einmal begegnet sein sollte, kannst du vielleicht sogar jetzt schon etwas damit anfangen. Wahrscheinlich musst du aber erst noch ein Stück weiterlesen.

Obwohl sie natürlich alle sofort hin und her überlegten, was diese Funde zu bedeuten hatten, mussten sie jetzt schleunigst verschwinden, denn Inigo war nur eine ziemlich dürftige Erklärung eingefallen, warum die Workshop-Kinder um diese Zeit noch da waren. Cascarrabia habe ihm aufgetragen, sie sofort rauszuschmeißen, sagte er. Und wenn so etwas noch einmal vorkäme, sei der Workshop gestrichen. Inigo wollte gleich noch einmal zu seinem Chef ins Büro gehen, um ihn zu beruhigen. Allerdings musste Fred ihm versprechen, sofort Bescheid zu geben, sobald sie etwas über die Sachen aus dem Geheimfach herausgefunden hätten.

Auf der Dachterrasse von Opa Drechslers Apartment angekommen, hatten sie weder Sinn für die geheimnisvoll beleuchtete Alhambra noch für die duftig laue Sommernacht um sie herum, sondern stürzten sich sofort auf ihre Beute.

Während Fred sich grübelnd über den Papierstreifen beugte, zog Anna hastig den Brief aus dem Umschlag und begann aufgeregt vorzulesen:

Granada, den 01.08.1967
Sehr geehrter Herr von Finkenstein,
Sie kennen mich nicht, mein Name ist Elisa B. ...

Fred blickte auf. Opa Drechsler rieb heftig seinen Schnurrbart. Anna sah von einem zum andern und nickte ernst.
Niemand musste es aussprechen: Der Brief war vom Mordopfer. Er war an Otto gerichtet. Etwa einen Monat vor der
Tat. Jetzt würden sie erfahren, was er mit der Sache zu tun
gehabt hatte. Anna las weiter:

Es ist zwar unhöflich von mir, meinen Nachnamen zu verschweigen, aber ich schreibe in einer gefährlichen Angelegen-
heit, und deshalb muß ich gewisse Vorsichtsmaßnahmen
treffen.
Ich bin Archäologin und verfolge seit einigen Jahren die Spur
eines überaus wertvollen Edelsteins. Nach großen Mühen
und zahlreichen Rückschlägen bin ich mit meiner Suche
nun beinahe am Ziel. Lediglich ein altes, sehr raffiniertes
Rätsel trennt mich noch von ihm.
Ihr Ruf als genialer Kryptologe, Herr von Finkenstein,
ist in meinen Kreisen ebenso unbestritten wie Ihr kluger
und unvoreingenommener Geist. Und deshalb wage ich,
Ihnen offen mitzuteilen, daß ich vom berühmten Rubin des
Schwarzen Prinzen spreche.

Opa Drechsler gab ein unbestimmtes Grunzen von sich.
Anna hielt inne.
    »Was ist?«, fragte sie.

»Ach, mein Gedächtnis!«, sagte der Alte. »*Der Rubin des Schwarzen Prinzen*. Ich weiß genau, dass ich über diesen Edelstein etwas weiß. Aber schlag mich tot, ich weiß absolut nicht mehr, was! Wenn ich bloß meinen zwölfbändigen Brockhaus mitgenommen hätte. Oder wenigstens den kleinen Meyer …«

»Vielleicht brauchen wir gar kein Lexikon«, sagte Fred. »Lass doch erst mal hören, was Elisa weiter schreibt!«

Einerlei, was Sie über diesen Stein zu wissen glauben: Ich versichere Ihnen, er befindet sich nicht dort, wo alle denken. Er ist hier in Granada. In einem Versteck, das ich aber allein nicht finden kann. Zwar ist mir vor einiger Zeit ein junger Historiker zu Hilfe gekommen, Ambrosio Capilla, der von meinen Nachforschungen erfahren hat und der überzeugt ist, das letzte Rätsel lösen zu können. Aber ich gewinne immer mehr den Eindruck, daß er dazu letztlich doch nicht imstande ist. Darum möchte ich Sie um Ihre Hilfe bitten.

»Warte, warte, warte!«, rief Fred. »Wie war der Name eben?«

»Ambrosio Capilla«, antwortete Anna. »Wieso?«

»Potzblitz!«, sagte Opa Drechsler.

Anna überlegte kurz, dann bemerkte sie es auch: »Wow! A. C.! Jetzt kommen wir der Sache langsam näher, wie?« Sie las den Rest des Briefs:

Sollten Sie an diesem Auftrag interessiert sein, schreiben Sie mir bitte eine kurze Mitteilung über Ihr gewünschtes Honorar und wann und wo wir uns treffen können, an das Postfach 12 358-13 in Granada, Spanien. Bitte benutzen auch Sie einen Decknamen. Denn wie gesagt: Die Sache ist gefährlich. Es gibt andere Leute, die hinter dem Rubin her sind. Leute, die ihn aus anderen Gründen finden wollen als ich. Leute, die vor nichts zurückschrecken. Auf diesem Stein liegt ein Fluch. Er bringt Menschen dazu, für ihn zu töten.

Hochachtungsvoll
Elisa B.

»Ein berühmter Rubin, der nicht dort ist, wo alle glauben? Decknamen? Ein Fluch?!«, sagte Anna. »Die Tante klingt ein bisschen wirr, findet ihr nicht?«

»Graf Otto war da anscheinend anderer Meinung«, meinte Fred. »Immerhin ist er tatsächlich nach Granada gefahren, wie wir wissen. Er muss den Auftrag angenommen haben.«

»Und wenn man bedenkt, dass *die Tante* ein paar Wochen später umgekommen ist … schon unheimlich«, sagte Opa Drechsler nachdenklich. Schüttelte dann aber den Kopf und fügte hinzu: »Trotzdem glaube ich auch nicht an irgendwelche Flüche. Aber um die Sache richtig einschätzen zu können, müssen wir morgen unbedingt mehr über diesen Edelstein in Erfahrung bringen.«

»Und vor allem müssen wir dieses Rätsel hier knacken«,

sagte Fred und wedelte mit dem Papierstreifen. »Der Brief wird ja wohl nicht das Einzige sein, was Otto an Hinweisen für uns hinterlegt hat, oder?«

Richtig. Auch Anna und Opa Drechsler waren jetzt fest davon überzeugt, dass Fred mit seiner Theorie recht gehabt hatte: dass der Graf sie mit seinen Rätseln zur Lösung des Falles führen würde.

Leider fanden sie an diesem Abend aber überhaupt keinen Ansatz mehr, wie das Geheimnis des Papierstreifens zu lüften sein könnte. Nachdem sie über eine Stunde ergebnislos gegrübelt hatten, schlug Anna schließlich vor, sie sollten für heute Feierabend machen und am nächsten Tag gleich drei Fliegen mit einer Klappe schlagen: Wenn sie schon einen Engländer in Granada kannten, warum sollten sie ihn nicht ganz nebenbei fragen, ob ihm das mit der *Himmelserzählung* etwas sagte. Vielleicht konnte der alte Mr Chapel ihnen ja auf die Sprünge helfen. Sie mussten doch ohnehin zu ihm, um ihm sein Geld zu bringen. Und in seinem Laden gab es auch sicher mehr als ein Lexikon, um darin den Rubin des Schwarzen Prinzen nachzuschlagen …

Miércoles

*9,3,8 2,18,1,21,3,8,5 7,5,19,3,8,9,3,8,20,5,14,
21,13 4,9,5 23,5,12,20 26,21 22,5,18,19,20,5,8,5,14.*
Siegfried Lenz

Der Rubin
des Schwarzen Prinzen

Mr Chapel strahlte übers ganze Gesicht, als er die Kinder wieder in seinen Laden kommen sah. Dass Leute, die bloß auf Urlaub in Granada waren, mehrmals bei ihm auftauchten, komme ja nur ganz selten vor, meinte er. Und gleich an zwei aufeinanderfolgenden Tagen! Sie müssten ja echte Büchernarren sein. Dass sie ihm noch Geld schuldeten, schien er völlig vergessen zu haben. Anna musste ihn erst daran erinnern.

»Ach, richtig! Wie liebenswurdig von euch, danke! War das Morsebuch denn auch nutzvoll für euch?«

»Klar, das war super!«, antwortete Anna. »Und vielleicht können Sie uns jetzt bei einer anderen Sache weiterhelfen, wir …«

»Wir bräuchten ein spanisch-deutsches Wörterbuch«, unterbrach Opa Drechsler. »Nur so für das Gröbste, etwa zehn-, fünfzehntausend Wörter. Haben Sie so etwas da?«

»Oh. Gar kein Problem!« Mr Chapel griff sich seinen Stock vom Verkaufstresen und zockelte gemächlich ins Ladeninnere.

Anna blickte Opa Drechsler fragend an. Er flüsterte ihr zu: »Nicht immer gleich mit der Tür ins Haus fallen, Anna! Der Mann verkauft Bücher. Davon lebt er. Und so ein Wörterbuch brauche ich sowieso. Wenn wir Auskünfte von ihm haben wollen, sollten wir erst einmal eine Gegenleistung erbringen. Findest du nicht? Auf die Art können wir die Sache auch unauffälliger angehen, und … huch, da kommt er ja schon wieder.«

Fred hatte sich bereits gestern über die Schnelligkeit von Mr Chapel gewundert. Wo er doch so fußlahm wirkte. Wahrscheinlich, überlegte Fred, kommt es bei der Schnelligkeit gar nicht auf die *schnellen* Bewegungen an, sondern auf die *richtigen*.

»Jaah, das ist doch genau, was ich wollte!«, rief Opa Drechsler, als Mr Chapel ihm ein kleines gelbes Buch hinhielt. »Das nehme ich. Und dann ist mir da noch etwas eingefallen: Vielleicht haben Sie auch ein Buch mit englischen Redensarten? Für Deutsche?«

»Sicher«, antwortete der Antiquar, bewegte sich aber nicht vom Fleck, sondern lächelte nur freundlich in die Runde. Erst als er dabei ganz leicht eine buschige Augenbraue hob, kam es Fred in den Sinn, dass dieser trottelig wirkende alte Herr vielleicht doch etwas mehr von seiner Umgebung mitbekam, als es zunächst den Eindruck machte. Denn indem er ein bisschen an seiner Fliege herumzupfte, fügte er hinzu: »Aber bitte. Wenn Sie nur *ein* Ding wissen wollen, müssen Sie deshalb nicht gleich ein ganzes Buch kaufen. Sie wissen ja, ich bin Engländer. Welche Redensart suchen Sie denn?«

»Irgendeine mit *Himmelserzählung*«, sagte Anna. »Was ist für einen Engländer eine Himmelserzählung? Sagt Ihnen das irgendwas?«

Mr Chapel blickte grüblerisch an die Decke: »*A Sky tale. Sky tale. Sky tale.* Hm. Nein, dazu fällt mir leider gar nichts ein. Ich kann aber gern einmal nachsehen, ob in einem meiner Bucher ...«

»Nein!«, rief Opa Drechsler freudig. »Gar nicht so wichtig. Das hat sich schon erledigt!« Er überging Annas und Freds fragende Blicke und sagte: »Aber noch etwas anderes: Wo Sie schon sagen, es macht Ihnen nichts aus ... Na ja, hätten Sie vielleicht ein Buch über berühmte Juwelen, in dem wir einmal etwas nachschlagen könnten? Ohne es zu kaufen?«

Jetzt lächelte Mr Chapel erst richtig zufrieden. »Ach, glauben Sie mir, die Bucher freuen sich genau wie ich, wenn sie mal wieder gebraucht werden.« Damit griff er sich seinen Stock, und während er zielstrebig die Klappleiter vor das richtige Regal schob und daran hochkletterte, murmelte er weiter: »Heutzutage, wo es dieses Internet gibt, glauben viele Leute, dort findet man alles, was man wissen kann. Aber die Bucher. Die Bucher, die sind doch noch einmal etwas ganz anderes ...«

Und schon stand er wieder auf dem Boden und trug, unter den Arm geklemmt, einen schweren Wälzer hinüber zum Tresen.

»Bitte schon. Das hier ist sehr ausfuhrlich und auch mit Fotos drin. Leider in Englisch ...«

»Na, das wird schon gehen. Wenn ich etwas nicht verstehe, kann ich Sie ja fragen.« Opa Drechsler blätterte. »Aha, da ist er ja: *The Black Prince's Ruby* – Der Rubin des Schwarzen Prinzen!«

In diesem Moment wurde der alte Chapel plötzlich von einem Hustenanfall geschüttelt, der klang, als hätte er nicht einen Frosch im Hals, sondern einen ganzen Elefanten. Anna klopfte ihm besorgt auf den Rücken.

»Oh, danke … HHHHRROARCH … danke, mein Kind. Es geht schon wieder. Keine Sorge, das passiert mir öfters. ROCHEL. Kommt wohl von diesen Medikamenten, die ich nehmen muss … HRCH. Alles klar.«

»Sicher?«

»Sicher. Ich bin eben nicht mehr so fit wie der Hund vom Metzger. Macht ihr nur weiter. Ich setze mich einen Moment hin.«

Anna führte ihn zu seinem Stuhl und tätschelte noch einmal mütterlich seine Schulter, dann widmeten die drei sich wieder dem Buch.

Opa Drechsler hatte den ausführlichen englischen Text schon überflogen und fasste jetzt die wilde Geschichte des Edelsteins mit der Begeisterung eines echten Märchenonkels für Anna und Fred zusammen, die währenddessen mit großen Augen das Farbfoto betrachteten.

»Der Rubin des Schwarzen Prinzen tauchte in den Geschichtsbüchern erstmals um das Jahr 1360 auf. Er gehörte einem Mauren namens Abu Said, dem damaligen Sultan von … Na?«

»Granada?«, sagte Fred.

»Aber hallo! Und jetzt passt auf. Dieser Sultan Abu Said ging eines Tages auf Staatsbesuch nach Sevilla. Dort herrschte ein christlicher König, denn zu dieser Zeit hatten die Christen bereits große Teile des ehemals maurischen Spanien zurückerobert. Übrigens auf eher unchristliche Weise. Denn dieser König von Sevilla hieß bestimmt nicht umsonst Don Pedro *der Grausame*. Er lag mit dem Sultan schon eine ganze Weile im Clinch. Und der Besuch Abu Saids war ein Versuch, die Lage zu entspannen und Frieden zu schaffen. Ein lebensgefährlicher Versuch. Es kam, wie es kommen musste, wenn man einen Kerl mit solch einem Namen besucht. König Pedro der Grausame ließ Abu Saids gesamtes Gefolge töten, erstach den Sultan eigenhändig und riss ihm den Rubin vom Hals, auf den er schon immer scharf gewesen war.«

»Er war auf den Hals des Sultans scharf gewesen?«, fragte Anna grinsend.

»Nein«, flüsterte Fred, »auf den Rubin. Er bringt Menschen dazu, für ihn zu töten.« Anna verdrehte die Augen.

»Erzähl weiter«, sagte sie zu Opa Drechsler.

»Wenige Jahre später verließ Don Pedro den Grausamen dann sein Glück und er musste sich gegen die Armee seines eigenen Bruders wehren, der den Thron von Sevilla erobern wollte. Als Don Pedro merkte, dass er das allein nicht schaffte, suchte er Hilfe bei einem berühmten englischen Haudegen, der zu

dieser Zeit gerade in Frankreich weilte: Edward von Woodstock, Kronprinz von England, der wegen seiner berühmten, schwärzlich schimmernden Ritterrüstung … wie genannt wurde?«

»Der Schwarze Prinz!«

»Volltreffer, Anna! Diesem mächtigen Kriegsherrn versprach Don Pedro unermessliche Schätze, wenn er ihm gegen seinen rebellischen Bruder zur Seite stehen würde. Was der Schwarze Prinz auch tat. Beziehungsweise sein Heer. Seine Soldaten schlugen die von Don Pedros rebellischem Bruder am Ende in die Flucht. Aber vorher sind viele auf beiden Seiten gestorben. Wenn die gewusst hätten, wofür! Als der Schwarze Prinz seinen Lohn verlangte, wollte er von den Schätzen und Juwelen, die Don Pedro ihm anbot, überhaupt nichts wissen. Er wollte nur den Rubin, von dem er gehört hatte. Den hatte Don Pedro ihm nicht angeboten. Aber er war nicht in der Position, um zu verhandeln …

Prinz Edward verließ Spanien mit dem Edelstein und einem unbekannten Krankheitserreger, der ihn wenige Jahre später umbrachte. Er wurde nie König von England.

Aber noch vor dem Schwarzen Prinzen, kurz nachdem er den Rubin an ihn losgeworden war, starb Don Pedro der Grausame. Er wurde von seinem Bruder erdolcht.«

Fred pfiff leise durch die Zähne.

»Okay«, meinte Anna, »jetzt verstehe ich allmählich, wie Elisa auf den Gedanken mit dem Fluch gekommen ist. Aber wo ist der Stein denn nun heute?«

»Warte, so weit bin ich noch nicht. Wo steht das? Ach,

hier unten … Potzblitz!« Der Alte rieb sich den Schnurrbart. »Ich wusste es, ich hatte schon davon gehört.

Der Schwarze Prinz, Edward, der Thronfolger von England, brachte seinen Rubin nach Hause und dort sind sie beide geblieben. Dieser Edelstein gehört bis heute zu den britischen Kronjuwelen. Er gilt als einer der berühmtesten und wertvollsten Steine der Welt. Und er prangt genau in der Mitte von Königin Elizabeths Staatskrone!«

»Wenn ich noch ein kleiner Junge war, habe ich ihn einmal in einer streng bewachten Vitrine gesehen«, flüsterte Mr Chapel, der anscheinend schon seit einiger Zeit wieder hinter ihnen stand und ebenso fasziniert zugehört hatte wie die Kinder. »Ein unglaublicher Gegenstand, in der Tat.«

Er stützte sich auf seinen Stock, legte schelmisch den Kopf schief und fügte hinzu: »Falls ihr vorhabt, ein Schmuckstück anzuschaffen, musst ihr euch vielleicht nach etwas anderem umsehen. Ich glaube, die *Queen* will ihn zu dieser Zeit nicht verkaufen.«

Himmelserzählung

Nachdem sie sich von dem alten Antiquar verabschiedet hatten, setzten sie sich ganz in der Nähe auf der Plaza Trinidad auf eine Bank unter einer großen Platane und blinzelten nachdenklich in die Sonne. Was sollten sie nun aus dieser Geschichte machen?

»Wie konnte Elisa in ihrem Brief behaupten, der Stein sei irgendwo in Granada versteckt?«, fragte Anna. »Wenn er in Wirklichkeit seit Jahrhunderten in einem streng bewachten Museum in London liegt? War sie tatsächlich ein bisschen gaga?«

Fred zuckte die Achseln. »Wieso ist Graf Otto auf ihr Angebot eingegangen?«, fragte er. »Er muss doch auch über den Rubin Bescheid gewusst haben. War es vielleicht nur sein sportlicher Ehrgeiz? Ging es ihm einfach um das Rätsel?«

»Fragt mich was Leichteres, Leute«, sagte Opa Drechsler. »Vielleicht werden wir später irgendwann schlau daraus. Wenn wir mehr Informationen haben. Im Moment können wir unsere grauen Zellen jedenfalls lohnender einsetzen …«

»Ja, richtig«, sagte Anna. »Was war das eigentlich vorhin mit *Es hat sich erledigt*? Dir ist etwas Entscheidendes zur Himmelserzählung eingefallen, stimmt's?«

»Ja, Mr Chapel hat mich darauf gebracht.«

»Aber er hat doch gar nichts gesagt«, meinte Fred.

»Na ja«, sagte Anna. »Er hat das Wort ins Englische übersetzt und vor sich hin gemurmelt. Wie hieß es? *Sky tale*, glaube ich.«

»Genau«, sagte Opa Drechsler. »*Sky* heißt Himmel und *tale* heißt Erzählung. Ich hätte es anders übersetzt, mit *heaven's tale*. Im Englischen gibt es nämlich zwei Wörter für Himmel. Eins für das reelle blaue Dach da oben und eins für den Ort, wo man später mal hinkommen möchte. Als ich Mr Chapels Übersetzung hörte, ist der Groschen gefallen. Ich wollte das aber nicht unbedingt in seiner Anwesenheit besprechen.«

»Wieso denn?«, sagte Anna. »Der ist doch ganz harmlos.«

»Mag sein. Trotzdem, je weniger er weiß, desto besser. Also, passt auf.«

Opa Drechsler holte einen Zettel hervor und schrieb die beiden Wörter in Blockbuchstaben direkt hintereinander: SKY TALE.

»So sind es zwei englische Wörter. Ausgesprochen *Skai Täil*. Aber wenn man sie zusammenfügt …«

Er kritzelte dahinter: SKYTALE.

»Dann ist es plötzlich ein griechisches Wort, das spricht man *Skü-tah-le*. Und wisst ihr, was das ist, eine Skytale?!«

»Komm schon«, sagte Anna lächelnd, »*du* bist hier zuständig fürs Hintergrundwissen.«

»Das ist eine der ältesten Verschlüsselungsmethoden der Welt!«

»Exorbitant!«, murmelte Fred.

»Ich wusste, Mr Chapel würde uns weiterhelfen«, sagte Anna belustigt. »Und dabei hat er es noch nicht einmal gemerkt!«

Fred stutzte kurz bei diesen Worten. Doch was ihm durch die Gedanken huschte, war so schnell verschwunden, wie es aufgetaucht war. Er konnte es nicht benennen. Aber er hatte auch Wichtigeres im Kopf.

»Und wie funktioniert so eine Skytale?«, fragte er.

»Das Prinzip ist genial einfach«, erklärte Opa Drechsler. »Sender und Empfänger der Geheimbotschaft haben beide einen Stock oder Stab von genau gleicher Dicke. Der eine wickelt einen Streifen Stoff schräg um seinen Stab – die alten Griechen haben jedenfalls Stoff verwendet. Ein Papierstreifen tut es heute aber genauso gut. Dann schreibt er seine Nachricht darauf. Auf jede Windung des Streifens einen Buchstaben, Zeile für Zeile. Wenn er den Streifen dann abwickelt, sind die Buchstaben komplett verwürfelt. Und nur mit einem Stab, der genau die gleiche Dicke hat, kann der andere sie wieder lesbar machen.«

Opa Drechsler lächelte zufrieden, Fred ebenfalls.

»Äh, ja«, sagte Anna. »Verstehe. Glaub ich. Scheint genau die richtige Spur zu sein, stimmt's?«

»Mit Sicherheit!«, antwortete Fred. »Aber jetzt ist die große Frage: Um was für eine Art von Stab müssen wir diesen Papierstreifen wickeln?«

 Hm. Darauf hat der alte Graf ja keinen Hinweis gegeben. Oder doch? Wenn du die richtige Idee hast, kannst du die Skytale jetzt entschlüsseln …

76

Der Turm der Justiz

Nachdem sie einige Zeit hin und her überlegt hatten, fing Opa Drechsler an, belegte Brote und eine Thermoskanne auszupacken. Kauen rege die Hirntätigkeit an, behauptete er. Anna und Fred griffen ordentlich zu, und tatsächlich: Als Fred gerade in seine dritte Stulle biss, patschte er sich plötzlich gegen die Stirn und rief: »Iff hab'f!«

Und schon wenig später hatten die drei das Rätsel der Skytale geknackt, denn ein Exemplar dieser speziellen Sorte *Stab*, die sie brauchten, hatte sowohl Fred im Rucksack als auch Opa Drechsler in seiner Jackentasche. (Obwohl seines schon etwas zu kurz für den Papierstreifen war.)

Jetzt las der Alte die Lösung vor.

»Aha«, sagte Anna, »das klingt mir doch schwer nach einem Bauwerk auf der Alhambra!«

Fred nickte. »Ja, es ist auf unserer Karte eingezeichnet. Zum Glück liegt es außerhalb des Nasridenpalastes. Da werden wir sicher nicht diesem Cascarrabia begegnen.«

»Und den kleinen Spanier brauchen wir dafür auch nicht, weil es frei zugänglich ist«, sagte Anna.

»Der *kleine Spanier* heißt Inigo und ist älter als du!«, antwortete Fred gereizt. »Und wir werden ihm trotzdem Bescheid geben, was wir herausgefunden haben. Genau wie wir es ihm versprochen haben.«

Anna zuckte nur gelangweilt die Achseln, Opa Drechsler schmunzelte in sich hinein.

Auf dem Fußweg hinauf zur Burg lieh Fred sich Opa

Drechslers Handy und telefonierte mit Inigo. Er berichtete ihm von Graf Finkensteins Sprachspiel mit der Skytale. Wie sie dann darauf gekommen waren, dass es ein *Bleistift* sein musste, auf den man den Papierstreifen zu wickeln hatte. Und dass die Buchstaben auf diese Weise *Turm der Justiz* ergaben.

»Mann, ihrr habt ja wirrklich was drrauf!«, begrüßte sie Inigo wenig später schon von Weitem, als sie auf den großen, kantigen Turm zugingen.

»Du hast ihn herbestellt?!«, zischte Anna.

»Er kann uns vielleicht helfen!«, entgegnete Fred.

»Da pfeif ich drauf. Das war nicht abgemacht!«

Fred blickte Hilfe suchend zu Opa Drechsler, doch der gab Inigo bereits die Hand, die dieser eifrig schüttelte.

Der Alte räusperte sich und sagte: »Anna, geh du ruhig schon voraus und sieh dir den Turm aus der Nähe an, du weißt ja, wonach du dort suchen willst. Derfred und ich wollen Inigo nur noch schnell etwas fragen.«

Anna betrachtete verwirrt sein Gesicht. Jegliches Schmunzeln war verschwunden, nicht die Spur eines Augenzwinkerns. Meinte er das tatsächlich ernst?

»Aber …«, stammelte sie.

Inigo stellte sich neben sie und blickte Opa Drechsler herausfordernd an. »Warrum soll Anna gehen?!«

»Sie glaubt nicht, dass du uns hier helfen kannst.«

»Ist das wahrr?«

Fred wusste nicht, wen Inigo meinte. Opa Drechsler machte jedenfalls keine Anstalten zu antworten.

»Nein«, sagte Fred.

»Ja«, sagte Anna gleichzeitig.

Inigo begann zu lächeln. »Einerr von euch lügt. *¡Mierda!* Soll ich euch jetzt helfen oderr nicht?«

Wie nötig sie Inigos Hilfe hatten, wurde Fred erst richtig klar, als sie beim Turm der Justiz anlangten. Der Turm war eigentlich eine Torburg, das heißt einerseits ein Durchgang durch die Umfriedungsmauer der Alhambra. Andererseits aber ein ganzes Gebäude für sich, mit zahlreichen Räumen auf mehreren Etagen. Sie hatten ja alle drei keine Ahnung, wonach sie in diesem Riesending eigentlich suchen sollten. Fred wunderte sich sehr, dass Graf Otto ihnen keinen zusätzlichen Hinweis gegeben hatte.

 Vielleicht hat Fred diesen Hinweis aber auch nur übersehen. Hatten die drei nicht versteckte Hinweise auf der Karte vermutet?

»Das hierr«, sagte Inigo und wies wie ein Reiseführer hinter sich, »ist die *Torre de la Justicia*, derr Turrm derr Justiz … Aberr das wisst ihrr ja schon«, fügte er schnell hinzu, als er Annas betont gelangweilten Gesichtsausdruck sah.

»Ja«, sagte Opa Drechsler, »aber gibt es da drin vielleicht irgendetwas … Hm, wie soll ich sagen?«

»Das nach Rätsel aussieht«, half Fred aus. »Muster, Zahlen, Symbole, Buchstaben. Du weißt schon!«

»Aberr ja!«, antwortete Inigo lachend. Sie betraten den

Turm durch eine Art offenen Vorraum zwischen einem äußeren und einem inneren Tor. Inigo blieb in der Mitte stehen und zeigte nach oben.

»Hierr ist schon etwas sehrr Rrätselhaftes. Überr dem Torrbogen da ist eine eingemeißelte Hand, seht ihrr?« Er wandte sich auf die andere Seite. »Und dorrt, auf dem innerren Torr, ist an derrselben Stelle ein Schlüssel. Die Legende sagt, wenn diese beiden eines Tages zusammenkommen, dann …«

»Märchengeschichten?«, unterbrach Anna. »Wolltest du Märchengeschichten hören, Fred?«

»Ja. Nein. Erzähl uns das vielleicht später, Inigo. Wahrscheinlich haben diese Symbole nichts mit unseren Rätseln zu tun. Fällt dir noch etwas anderes ein?«

»Klarr! Kommt rrein.« Seine gute Laune schien er sich jedenfalls nicht so leicht nehmen zu lassen.

Während sie durch das innere Tor schritten, äffte Anna ihren Bruder leise nach: »Wahrfeinlif haben diefe Fymbole nifts mit … Wenn dieser Humbug was mit unseren Rätseln zu tun hat, soll mich der Blitz treffen!«

Im Turminneren zeigte Inigo ihnen zuerst eine versteckte Stelle auf einem Balken, wo kleine Symbole eingeschnitzt waren. Doch das waren Markierungen der Zimmerleute, wie Opa Drechsler wusste. Also nichts Geheimnisvolles, obwohl sie so aussahen. Als Nächstes die Reste einer lateinischen Inschrift im Wandputz eines kleinen Kaminraums, die aber zweifellos jahrhundertealt war und unmöglich von Otto stammen konnte.

Dann patschte Inigo sich plötzlich gegen die Stirn. »Ich Trrottel! Verrgesst das hierr, jetzt weiß ich, wonach ihrr sucht. Es ist die Tafel!«

Er führte sie in einen sehr hohen Raum, der sich über zwei Stockwerke erstreckte. Auf halber Höhe war links eine von einem Holzgeländer gesäumte Galerie. Eine Treppe nach oben war allerdings nirgends zu sehen. An der rechten Wand prangte unübersehbar in zwei Metern Höhe eine große Steintafel. Sie war über und über mit schwer lesbaren Buchstaben beschriftet.

»Hm«, machte Opa Drechsler. »Ein Text in altertümlichem Spanisch, wie es scheint.«

»Rrichtig«, sagte Inigo. »Da geht es um das kastilische Königspaarr Ferrdinand und Isabella, die Granada 1492 fürr die Chrristen zurrückerroberrten. Eine Lobrrede. Nicht besonderrs spannend. Aberr die meine ich auch garr nicht. Es ist diese Tafel dorrt, seht ihrr sie?« Er deutete auf eine Stelle ganz oben unter der Decke. Dort hing eine viel kleinere graue Steintafel, die man von unten kaum erkennen konnte. »Sie ist auf Deutsch!«

Die drei wurden hellhörig. Das musste Ottos Rätsel sein.

»Da muss man aber gute Augen haben«, meinte Opa Drechsler. »Könnt ihr lesen, was da draufsteht?«

»Das kann niemand von hier aus«, sagte Anna. »Dazu muss man da oben stehen, auf der Galerie.« Sie wandte sich an Inigo: »Du weißt doch sicher auch, wie man da oben hinkommt, oder?«

»Klarr. Aberr heutzutage kann man da leiderr nicht

mehrr hochgehen«, antwortete Inigo mit tief betrübtem Gesichtsausdruck.

»Wieso?«, fragte Anna.

»Derr Zugang ist verrsperrrt.«

»Durch eine Mauer?«

»Durrch eine Türr.«

»Kann man die nicht aufschließen?«

»Klarr. Wenn man einen Schlüssel hat.«

Anna sah ihn an. Er grinste. Sie seufzte.

»Uuuuund?!«, fragte sie gedehnt. »Hast du einen Schlüssel?«

Inigo zog ihn aus der Tasche und ließ ihn vor Annas Nase baumeln. Er sagte:

»*Kann* ich euch nun helfen oderr nicht?«

Eine Weile starrten sich die beiden in die Augen.

»Ja«, presste Anna schließlich durch die Zähne hervor.

»Dann sind wirr Parrtnerr?«

»Klar!«, mischte sich Fred ein. »War doch abgemacht.«

Inigo sah immer noch Anna an.

»Dann verrrat mir, was ihrr sucht!«

»Natürlich einen Schatz«, sagte Anna und zog die linke Augenbraue hoch.

»Du lügst.«

»Na ja, nicht unbedingt«, murmelte Fred. Inigo fuhr mit dem Kopf herum.

»Halt die Klappe!«, rief Anna warnend.

»Es reicht!«, donnerte Opa Drechsler. Weil er sonst niemals laut wurde, wirkte das sofort. Anna sah ihn verdattert an. Doch er schien selber über sich erschrocken zu sein, denn er klang schon wieder wie der Alte, als er weitersprach: »Anna! Ich möchte nicht, dass du so redest, okay?«

»Okay.«

»Und was Inigo angeht: Er hat verflixt noch mal recht! Er hilft uns, wo er kann. Und wie du siehst, kann er uns eine ganze Menge helfen. Du kannst ihm nicht einfach die Hälfte verschweigen. Das ist nicht fair.«

Anna nickte stumm und schielte nach links. Sie hatte erwartet, dass Inigo sie jetzt triumphierend angrinsen würde. Keine Spur. Stattdessen sagte er ernst zu Opa Drechsler: »Nicht fairr, nein. Aberr ich verrstehe es trrotzdem. Das Geheimnis, das ihrr sucht, ist etwas Prrivates, so viel ist mirr schon klarr. Anna will eben nicht, dass es jederr Trrottel erfährrt.«

»Aber dann weißt du ja selbst, dass es nicht um einen Maurenschatz geht«, sagte Fred erstaunt.

»Klarr.«

»Und deine fünf Prozent?«, fragte Anna. »Wieso willst du unbedingt mitmachen, wenn du weißt, dass gar nichts für dich herausspringt?«

Inigo sah ihr direkt in die Augen.

»Das willst du wohl wissen, wie?«

Anna blickte zu Boden.

»Moment, Moment«, meldete sich Fred. »Ich dachte, *du* willst etwas wissen, Inigo?!«, sagte er. »Willst du jetzt oder nicht? Du schließt da oben für uns auf und währenddessen erzähle ich dir alles.«

Die Tafel

»Also doch ein Maurrenschatz! Ich wusste es«, rief Inigo, als er die Tür zu einer eng ummauerten Wendeltreppe aufschloss, die auf die Galerie im zweiten Stock führte. Fred war mit seinem Bericht gerade bei dem Rubin des Schwarzen Prinzen angekommen, nachdem er alles über den Zeitungsartikel, das Foto und den Brief im Mexuar erzählt hatte.

»Eurre Rrätselsuche führrt sicherr zu diesem Rrubin!«

»Quatsch«, stöhnte Anna. »Nummer eins: Der *Rrrrubin* liegt seit Jahrhunderten im Tower von London. Nummer zwei: Graf Finkensteins Rätsel führen uns zum Mörder.«

»Glaubst du!«, sagte Inigo trotzig. »Hast du etwas dagegen, wenn *ich* glaube, sie führren zu dem *Rrrrrrrubin?*«

Fred und Opa Drechsler schoben sich an den beiden vorbei durch die geöffnete Tür, stiegen die Treppe empor und gingen schnurstracks zu dem Geländer auf der schmalen Galerie, um die kleine Tafel an der gegenüberliegenden Wand zu entziffern.

DER TEXT DER UNTEREN TAFEL IST EINE DANKSAGUNG AN DIE KATHOLISCHEN KÖNIGE FERDINAND UND ISABELLA, DIE DIE STADT GRANADA IM JAHRE 1492 ALS LETZTE DER IN DER HAND DER MAUREN BEFINDLICHEN SPANISCHEN STÄDTE EINNAHMEN. DER DAMIT ABGESCHLOSSENEN "RECONQUISTA" SETZTEN SIE DURCH DEN BAU DER KATHEDRALE VON GRANADA EIN DENKMAL. DIE CHRISTEN HATTEN 770 JAHRE GEBRAUCHT, SPANIEN VON DEN MAUREN ZURÜCKZUEROBERN. DAS KÖNIGSPAAR SCHICKTE KEINEN MONAT SPÄTER COLUMBUS AUF SEINE BERÜHMTE ENTDECKUNGSREISE, DIE ZUM SCHLÜSSEL FÜR MACHT UND WOHLSTAND SPANIENS AUF JAHRHUNDERTE WURDE.

 Welche Botschaft ist hier versteckt?

Der Inhalt des Textes schien auf den ersten Blick genauso uninteressant zu sein wie unten auf der großen Tafel. Doch dieser Text war deutsch und die Steinplatte selber war viel neuer. Alles sah ganz nach Graf Otto aus, fand Fred. Aber wo war das Rätsel? Es war ja keine Geheimschrift. Fred dachte konzentriert nach. Wie so oft klappte dabei sein Mund langsam auf. Irgendwie musste in diesem Text ein anderer Text versteckt sein … irgendwie … vielleicht …

In diesem Moment lehnte sich Anna neben ihm mit Schwung auf das Geländer, dass es bedrohlich knarrte. Er erschrak.

»Mund zu!«, sagte sie. »Und? Hast du schon eine Idee?«

»Gerade hätte ich fast eine gehabt.« Fred schüttelte kurz den Kopf. Dann überlegte er laut weiter:

»Also. Kein Code. Die Botschaft ist nicht verschlüsselt, sondern irgendwie … versteckt. Vielleicht sind ja nur *ein paar* der Wörter wichtig.«

»Ein Steganogramm?«, sagte Opa Drechsler.

Fred warf ihm einen kurzen Blick zu.

»Steganogramm.«

»Ja.« Opa Drechsler nickte so, als hätte Fred dieses Wort ins Spiel gebracht. »Die geläufigste Art von Steganogramm ist ein unauffälliger Brief, in dem einzelne Wörter durch winzige Nadelstiche markiert sind. Wer es nicht weiß, bemerkt es nicht. Aber liest man nur die markierten Wörter, hat man die Geheimbotschaft.«

»Okay«, sagte Anna. »Aber hier sind keine Wörter hervorgehoben.«

»Nicht auf den ersten Blick«, antwortete Fred. »Aber vielleicht irgendwie durch ihre Stellung oder …«

»*¡En el principio era el verbo!*«, raunte Inigo hinter ihnen.

»Was?«

»Potzblitz! *Im Anfang war das Wort!*«, rief Opa Drechsler. »Im Anfang! Der Junge hat recht. Seht ihr es?«

»Tatsächlich!«, sagte Fred. »Ganz einfach, wenn man es weiß.«

Anna kniff die Augen zusammen. Dann hellte sich ihr Blick auf.

»Der Ferdi…«, konnte sie noch rufen, der Rest war ein ersticktes Grunzen.

Inigo hatte sie plötzlich von hinten gepackt und presste ihr die Hand auf den Mund. Bevor Fred sich noch fragen konnte, ob ihr spanischer Insider womöglich in Wirklichkeit ein gemeingefährlicher Verbrecher war oder ob er gerade in diesem Moment einfach nur komplett überschnappte, hatte Inigo seine Schwester schon wieder losgelassen, hielt aber gleichzeitig mit einem so stechenden Blick den Zeigefinger vor den Mund, dass keiner der drei es wagte, auch nur einen Mucks von sich zu geben. Jetzt hörten sie es auch. Im Untergeschoss grummelte jemand. Das Geräusch kam näher, auf die Tür des Treppenaufgangs zu. Cascarrabia.

»Wenn err euch hierr oben errwischt, ist derr Worrkshop

endgültig gestorrben!«, zischte Inigo und schickte sich an, die Treppe hinunterzulaufen – um seinen Chef wieder mit einem endlosen Wortschwall abzulenken, wie Fred annahm. Doch Opa Drechsler hielt ihn am Arm zurück.

»Wenn du jetzt hinuntergehst, braucht er uns gar nicht zu erwischen«, wisperte der Alte. »Dann kann er sich an drei Fingern abzählen, dass Anna und Fred hier sind.«

Inigo hielt inne und nickte. Er flüsterte zurück: »Aberr die Türr unten ist offen!«

»Nein. Ich habe sie zugezogen«, kam es von Anna. Fred erinnerte sich daran, dass seine Schwester und Inigo etwas später heraufgekommen waren. Jetzt schwiegen alle und lauschten. Das Gebrummel und die Schritte wurden deutlicher hörbar.

»Wo ist eigentlich derr Schlüssel, Anna?«, flüsterte Inigo.

»Der steckt.«

»Derr steckt? Du meinst, im Türrschloss? Auf derr Innenseite oderr …?«

»Außen, nehme ich an«, murmelte Opa Drechsler und fasste sich an die Nasenwurzel, als hätte er plötzlich Kopfschmerzen. »Wo ihn jeder deutlich sehen kann.«

Anna nickte schuldbewusst. Sie hörten, wie Cascarrabia immer näher kam, und konnten jetzt nur hoffen, dass er den Schlüssel nicht bemerkte. Die Schritte stockten. Fred hielt unwillkürlich den Atem an. War diese Burg eigentlich nicht groß genug? Hatte der Kerl keine wichtigeren Aufgaben? Warum musste er immer ausgerechnet da auftauchen, wo sie gerade etwas Verbotenes machten? Anscheinend hatte er einen besonderen Riecher für so etwas.

Doch diesmal hatten sie Glück. Die Schritte entfernten sich wieder. Fred atmete auf.

Die vier verhielten sich noch ein Weilchen still, bis das Geräusch ganz verklungen war, dann sagte Opa Drechsler: »Nichts wie raus hier, Leute. Wir haben, was wir brauchen.«

Damit ging er Richtung Treppe, Anna und Fred folgten ihm. Doch sie blieben stehen und drehten sich verdutzt um, als Inigo sagte:

»Wirr brrauchen eine Zeitung.«

»Eine Zeitung? Was zum Geier …?!«, rief Anna barsch. »Willst du vielleicht ausgerechnet jetzt wissen, wie die politische Lage draußen ist, oder was?«

Sie standen inzwischen am Fuß der Treppe und blickten auf die geschlossene Tür. Es war genau, wie Inigo ihnen gerade erklärt hatte: Die Tür hatte keine Klinke, sondern nur das Schlüsselloch und einen angeschraubten eisernen

Ring. Ohne Schlüssel konnte man sie nicht öffnen – sie waren eingesperrt!

Während Fred in seinem Rucksack kramte, überlegte er, ob er seiner großen Schwester an den Kopf werfen sollte, dass sie sich im Moment vielleicht lieber ruhig verhielt. Schließlich hatten sie den Schlamassel *ihrer* Unachtsamkeit zu verdanken. Aber ihm war klar, dass sie eigentlich genau deshalb so patzig war: Sie war nicht auf Inigo zornig, sondern auf sich selbst. Schweigend holte Fred ein Glas mit feinem Rußpulver hervor, das er zum Glück immer in Zeitungspapier verwahrte, damit es nicht kaputtging. Er hatte das eigentlich dabei, um Fingerabdrücke sichern zu können – gebraucht hatte er es allerdings noch nie. Jetzt war er wieder einmal froh, dass er immer so viel absurdes Zeug mit sich herumschleppte.

Unter Opa Drechslers amüsiertem Blick wickelte er das Glas aus und hielt Inigo die Zeitungsseite hin. »Reicht das?«

»Superr, danke.«

Während Inigo das Papier glatt strich, wandte er sich Anna zu.

»Ein Schloss, in dem derr Schlüssel steckt, ist schwerr zu knacken«, erklärte er, nach wie vor bestens gelaunt. »Besserr, man angelt sich den Schlüssel. Dazu brraucht man ein grroßes Stück Papierr wie das hierr.« Er schob es unter dem weiten Türspalt hindurch, direkt unterhalb des Schlüssellochs. Alle schauten ihm schweigend zu.

»Und ein Messerr.« Er griff in seine Hosentasche, klappte ein Taschenmesser auf und stocherte damit fachmännisch in dem Schlüsselloch. Fast sofort hörte man auf der anderen Seite den schweren Schlüssel herausfallen. Inigo bückte sich und spähte prüfend unter der Tür durch. Dann stand er wieder auf, strich sich die Hosenbeine glatt und strahlte Anna an.

»Willst du ihn nicht fürr uns angeln?« Er wies auf den Rand des Zeitungspapiers, der auf ihrer Seite noch unter dem Türspalt hervorlugte. Mit einem unverständlichen Murren bückte sich Anna hinunter und zog die Zeitung vorsichtig nach innen, bis der Schlüssel zum Vorschein kam.

Als sie wieder draußen vor dem Turm der Justiz standen, gestand Opa Drechsler Inigo seine Bewunderung für dessen ›zwielichtige, aber äußerst nützliche Kenntnisse‹, wie er sich augenzwinkernd ausdrückte.

»Dir geht es anscheinend genau wie diesem Ferdinand!«, lachte der Alte.

Der Ferdinand in der Kathedrale braucht keinen Schlüssel. So hatte die geheime Botschaft oben auf der Steintafel gelautet, die in den ersten Wörtern jeder Zeile versteckt war.

Nun erklärte Inigo ihnen den Weg zur Kathedrale von Granada. Er selber konnte natürlich nicht mitkommen, er musste schleunigst zurück an die Arbeit. Er konnte ohnehin nur hoffen, dass seine viel zu ausgedehnte Mittagspause nicht aufgefallen war. Anna schien jetzt gar nicht sonderlich erleichtert, ihn loszuwerden. Zumindest kam es Fred so vor. Doch sie verdrehte die Augen, als Inigo noch einmal von dem Rubin anfing …

»Wisst ihrr, ich kenne da jemanden, derr vielleicht etwas überr diesen Edelstein weiß. Es ist die alte *Señora Isabel*. Sie lebt da drrüben, auf dem *Sacromonte*. Sie kennt alle alten Geschichten von Granada. Auch die, die in keinem Buch drrinstehen. Und sie weiß alles überr die Zeit, als noch die Maurren hierr herrrschten. Sie ist weise. Jederr nennt sie die Alte vom Berrg.«

»Der Stein ist in London, Mann! Begreifst du das nicht? Er hat mit unserem Fall nicht wirklich etwas zu tun«, blaffte Anna.

Doch Opa Drechsler sah die Sache anders. »Wir brauchen jede Information, die wir kriegen können«, sagte er. »Du kennst doch das Detektivprinzip, Anna: Jede Kleinigkeit kann wichtig sein.«

»Und unser Mordopfer?«, fügte Fred hinzu. »Elisa B.? Sie glaubte fest, der Rubin sei hier in Granada.« Nach einigem Wenn und Aber ließ Anna sich überzeugen und sie beschlossen, der Sache nachzugehen.

»Okay. Nach derr Arrbeit brringe ich euch zu ihrr«, sagte Inigo, zögerte jedoch. »Nein. Besserr nurr einen von euch. Sie ist Frremden gegenüberr nämlich sehrr misstrrauisch.«

Er blickte Fred an und sagte: »Trreffen wirr uns um acht Uhrr wiederr hierr?«

»Anna wird mit dir hingehen!«, sagte Opa Drechsler.

»Was?!«, rief Anna.

»Wenn diese Dame misstrauisch ist, brauchen wir jemanden mit viel Einfühlungsvermögen und Fingerspitzengefühl.« Der Alte kicherte. »Und hör endlich auf, so zu tun, als würdest du ihn am Ende nicht auch gern finden!«

»Wen?«

»Du befragst zusammen mit Inigo nachher diese weise Frau. Hugh. Ich habe gesprochen.«

Operation: Ferdinands Schlüssel

Alles in dem riesigen runden Kirchenschiff war sehr weiß und die Decke war ungeheuer oben. Sie wurde von Marmorsäulen getragen, die ungefähr so dick und so hoch waren wie Fernsehtürme. Auf dem Schachbrettboden hallten die Schritte der vielen Besucher. Ständig flackerten Blitzlichter auf. Rund um das Hauptschiff gab es nischenartige Seitenkapellen, in denen kunstvoll geschnitzte Altäre und Heiligenfiguren standen.

»Da!«, sagte Anna. »In einem dieser Eckchen ist bestimmt irgendwo unser Ferdinand versteckt.«

»Denke ich auch«, entgegnete Fred. »Dann mal los und suchen!«

Die gute Nachricht war, dass die Holzschnitzer ihre Arbeiten ordentlich beschriftet hatten. In goldenen Lettern stand auf jedem Sockel der Name der Figur. So stießen sie nach einiger Zeit auf einen gewissen *San Fernando*. Er

hielt ein Schwert und eine Weltkugel in den Händen und blickte sie mitleidig durch die Metallstäbe an, die sie vor der Nase hatten. Denn das war die schlechte Nachricht: Die Seitenkapelle war durch ein hohes Gitter versperrt. Anna und Fred quetschten ihre Gesichter zwischen die Stäbe.

»Siehst du, was ich sehe?«, flüsterte Anna.

»Kommt drauf an, was du siehst.«

»Blindfisch. Da! Um seinen Hals.«

Freds Blick schweifte über goldene und bläuliche Gewandfalten und eine altertümliche Halskrause. Darunter sah er ihn hervorlugen: einen winzigen Messingschlüssel an einem dünnen Faden.

»Bingo.«

»Bingo schön und gut«, meinte Opa Drechsler hinter ihnen. Er blickte umher. Auf beiden Seiten schlenderten Gruppen von Touristen vorbei. »Einmal abgesehen davon, dass wir sowieso nicht wissen, wie wir da rankommen sollen: Alle sehen uns hier.«

Anna zuckte die Achseln. »Ach, die Leute. Die sehen, was man ihnen zeigt.« Sie musterte das Gitter von oben bis unten, prüfte die Trittfestigkeit einer der unteren Querstangen. Dann schaute sie sich kurz in der Kathedrale um. »Nummer eins: Ich weiß, wie ich da rankomme. Ich brauche zehn Sekunden. Nummer zwei: Die musst du mir verschaffen, Opa Drechsler! Und zwar durch dein schauspielerisches Talent – und Geld. Siehst du das Spendenkästchen da vorne?«

Sie erklärte ihren Plan. Opa Drechsler war der Lockvogel. Anna war zuständig für die Action. Freds Aufgabenbereich war Supervision und Kommunikation. Er musste sich mit dem Handy hinter einer der Säulen verstecken und aufpassen. Sollten sie ernsthaft Ärger kriegen, möglicherweise sogar festgehalten werden, musste er Udo verständigen. Fred war Anna dankbar für diese Rollenverteilung. Er schluckte bei der Vorstellung, das tun zu müssen, was sie vorhatte. Der Alte wiegte den Kopf. Dann hob er den Zeigefinger. »Aber kein Wort hiervon zu eurer Mutter, klar?«

Dann war er auf einmal wie verwandelt. Urplötzlich um Jahre gealtert, tief gebeugt und leise stöhnend, schlurfte er zu dem Opferstock hinüber. Anna grinste. Sie musste sofort an Mr Chapel denken. Jetzt war Opa Drechsler angekommen und kramte umständlich sein Portemonnaie aus der Tasche. Fred war auf Position. Opa Drechsler öffnete sein Münzfach ... und kippte den gesamten Inhalt – ach wie ungeschickt – auf den Marmorboden. Die Münzen hüpften in alle Richtungen. Das zigfache *Pliiiing* hallte von den Kuppeln und Säulen wider. Alle Köpfe fuhren herum. Jetzt!

Fred hatte seine Schwester schon oft klettern sehen und jedes Mal gestaunt. Aber was sie nun hinlegte, war die reinste Zirkusakrobatik. Opa Drechslers Darbietung wiederum war filmreif. Er tappte wild fluchend und fuchtelnd in einer peinlich berührten, aber äußerst hilfsbereiten Menschentraube im Kreis und kickte dabei immer wieder versehentlich Münzen weiter weg oder trat seinen Helfern auf die Hände. Gleichzeitig erklomm Anna mit der

Präzision eines Uhrwerks, *Sprung in den Stütz, Fuß links, Fuß rechts,* und der Geschwindigkeit eines Gibbonaffen das Gatter und, *Übergreifen, Hüftschwung, Sprung,* stand schon in der Kapelle. Ein Blick, drei Schritte, ein Griff und sie hatte den Schlüssel. Und zurück. Fred hatte nebenher seine Uhr im Blick. Das Ganze dauerte etwas mehr als elf Sekunden.

Ob es an dieser einen Sekunde zu viel lag, dass die unsympathische Person mit dem zu engen lila Kleid und den rosa Haaren sich nach ihr umdrehte? Nein, es war wohl einfach Pech. Diese Frau war ganz besonders eilfertig herumgehuscht, um Münzen aufzusammeln, und hatte dabei die ganze Zeit hin und her gespäht, ob auch jeder sehen konnte, was für eine aufopfernde Dame sie war. Dabei entdeckte sie Anna. Und kreischte los. Sie zeigte mit dem Finger auf Anna, die sich gerade außen am Gatter herunterließ und auf dem Boden landete. Alle starrten sie an. In einiger Entfernung tauchte aus einer Seitentür ein junger Mann in Uniform auf und kam langsam auf die Gruppe zu, um nachzusehen, was das für ein Geschrei war. Noch war er weit genug weg, doch er rückte näher. Anna stand wie versteinert und blickte in all die gaffenden Gesichter.

»AAAAAAHHHRG!«, schrie Opa Drechsler und griff sich ans Herz. Als die ganzen Zuschauer erneut ihre Köpfe wendeten, um zu sehen, was jetzt mit dem alten Mann los war, erwachte Anna anscheinend aus ihrer Erstarrung. Doch noch ehe sie sich rühren konnte, stürmte die lila Frau auf sie zu, die sich nicht hatte ablenken lassen. Sie schien entschlossen, Anna festzuhalten, bis der Wachmann da war. Fred tastete schon unwillkürlich nach dem Handy. Aber was war das nun wieder? Gerade als die Tussi an einem kleinen Mann mit Hut, Vollbart und dunkler Brille vorbeihastete und Anna schon fast gepackt hatte, geriet sie ins Straucheln und legte sich voll auf die Fresse. Während sie noch bäuchlings auf dem glatten Boden entlangrutschte, nahm Anna endlich Reißaus, flitzte zwischen den Kirchenbänken hindurch, entwischte mit knapper Not dem Griff des Wachmanns und war in null Komma nichts aus der Kathedrale.

Erst als Fred sich sicher war, dass niemand seine Schwester mehr einholen konnte, wischte er sich den Schweiß von der Stirn, trat hinter seiner Säule hervor und ging zu der Menschengruppe, die inzwischen zur Hälfte der zeternden Frau aufhalf, zur Hälfte den alten Herzpatienten umringte und mit ihm auf den Notarzt wartete. Fred bückte sich nach einem Ein-Cent-Stück und hielt es Opa Drechsler vors schmerzverzerrte Gesicht. Mit letzter Kraft langte der Alte danach und zwinkerte ihm dabei unauffällig zu. Als Fred sich zwischen den Umstehenden hindurchschob, roch er ganz flüchtig etwas, das ihm bekannt vorkam. Er hielt inne. Hier hatte eben noch dieser bärtige Mann gestanden. Wo war der eigentlich? Fred konnte ihn nirgends entdecken. War ja auch egal. Während er langsam hinaus in die Sonne schlenderte, musste er mehreren Sanitätern ausweichen.

Verdacht

Zwanzig Minuten später standen alle drei vor einem Eis-
stand am Rand des sonnenbeschienenen Vorplatzes der
Kathedrale und kicherten sich die Anspannung von der
Seele. Sie ließen die besten Szenen ihrer grandiosen ›Operation: Ferdinands Schlüssel‹ noch einmal Revue passieren,
die doch um ein Haar schiefgelaufen wäre.

»Na ja, fünf Meter waren es vielleicht nicht gerade«, gig-
gelte Fred und leckte an seiner Kugel Malaga.

»*Fünf* Meter ist die über den Boden gerutscht, wenn ich
es dir sage!«, prustete Anna. »Und wenn die Wand nicht
gewesen wäre, wären es zehn geworden!«

»Wie kam es eigentlich zu diesem Bilderbuchsturz?«,
fragte Opa Drechsler.

»Keine Ahnung. Ich glaube, sie ist jemandem über den
Fuß gestolpert. Und wie du diesen Herzkasper simuliert
hast! Ich dachte, ich werd nicht mehr. Wie bist du eigentlich nachher den Notarzt losgeworden?«

»Über einen Fuß gestolpert?«, unterbrach Fred, mit einem Mal nachdenklich.

»Ja, soweit ich das mitgekriegt habe. Wieso?«

»Dann muss es der Fuß von diesem seltsamen Typen
gewesen sein.«

»Welcher seltsame Typ?«

»Da war so ein Kerl mit Trenchcoat und dunklem Vollbart, ist euch der nicht aufgefallen?«

Opa Drechsler schüttelte den Kopf.

Anna sagte: »Nö. Was war an dem Besonderes?«

»Hatte eine Sonnenbrille auf und einen Hut. In der Kirche!«

»Na wenn schon«, sagte Anna.

»Er hat nach irgendwas gerochen, was war es nur …?«

Opa Drechsler lächelte. »Gerochen? Du bist noch ziemlich aufgeregt, Derfred. Mach dir mal keinen Kopf. Vielleicht sollten wir ohnehin allmählich unsere Beute begutachten, meint ihr nicht?«

»Der Schlüssel! Den hätte ich noch glatt vergessen«, sagte Anna, fischte in ihrer Hosentasche und reichte Opa Drechsler den Schlüssel.

Es war ein zierlicher alter Bartschlüssel aus angelaufenem Messing, in dessen dünnes Rohr ein Wort eingraviert war. Die Buchstaben waren so klein, dass der Alte sie nicht lesen konnte. Fred holte eine Lupe aus dem Rucksack.

»Neumen?« Fred drehte den Schlüssel in der Hand, sodass die Gravur auf dem Kopf stand, aber dadurch ergab das Wort auch nicht mehr Sinn für ihn. »Ein Beinah-Palindrom.«

»Toll«, sagte Anna. »Was zum Geier ist *Neumen*?«

»Das ist Mehrzahl«, sagte Opa Drechsler. »*Die* Neumen. Das waren die Vorläufer der heutigen Musiknotation.«

»Aha«, sagte Anna.

»Alte Notenschrift?!«, rief Fred. »Tja, Anna. Dann musst du als flüchtige Täterin die nächste Runde wohl leider aussetzen. Opa Drechsler und ich müssen zurück in die Kathedrale.«

Fred linste vorsichtig durch die Tür. Natürlich hatte sich

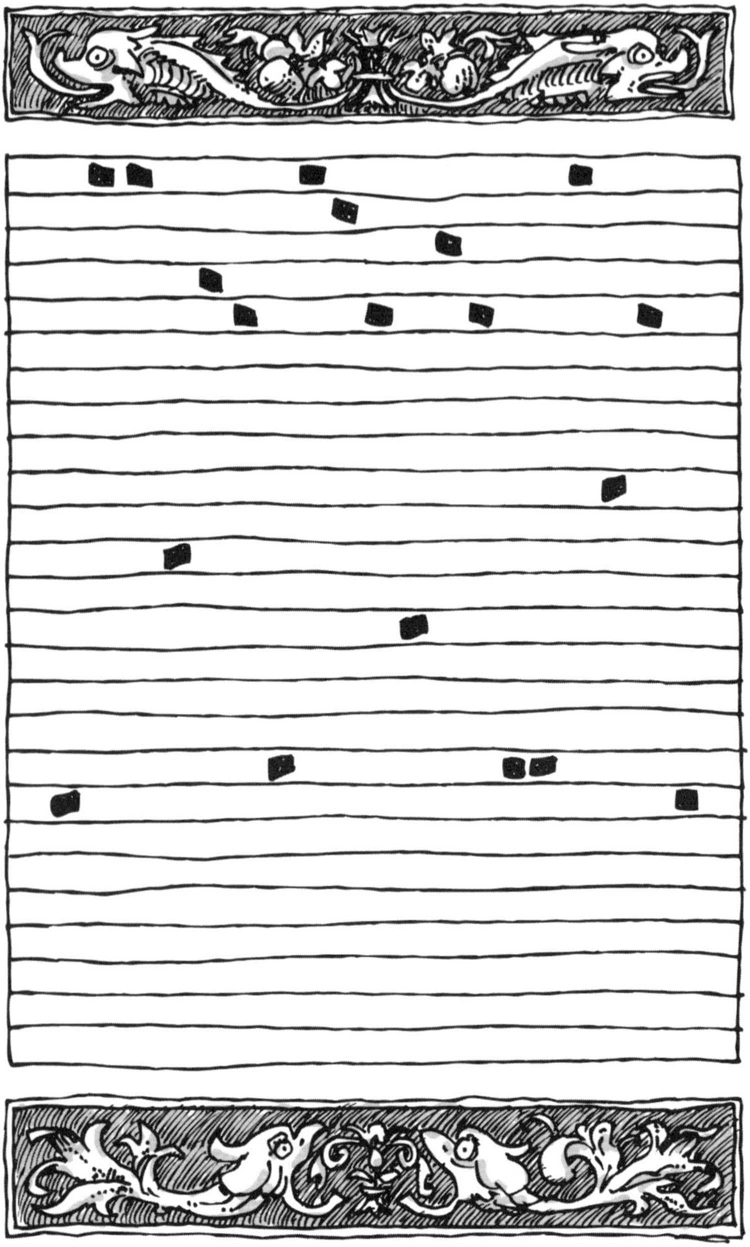

alles in der Kathedrale wieder beruhigt, er wusste eigentlich nicht so genau, wonach er Ausschau hielt. Vielleicht nach der lila Frau. Doch sie war nirgends zu sehen.

»Keine Maurrrren an der Küste«, flüsterte er nach hinten. Opa Drechsler folgte ihm lächelnd zu einem Schaukasten mit einem riesigen, aufgeschlagenen Buch darin.

Fred hatte es vorhin gleich beim Hereinkommen bemerkt und sich gewundert, warum die handgezeichneten Noten keine Stiele hatten. Jetzt wusste er es. Es waren keine Noten, sondern Neumen. Die Vorläufer der Noten. Das Buch musste jahrhundertealt sein und der Kasten beinahe ebenfalls, nach den trüben Scheiben seiner Glastüren zu schließen. In deren Mitte befand sich ein kleines Schloss.

Während Fred in alle Richtungen linste, ob sie auch niemand beobachtete, probierte Opa Drechsler Ferdinands Schlüssel. Er passte. Der Alte öffnete den Kasten und blätterte vorsichtig in dem Buch. Ein loses Blatt rutschte heraus. Nach kurzem Blick wollte der Alte es zurückschieben, doch Fred hielt ihn davon ab.

»Warte, das ist es, was wir suchen!«

»Wieso, das sind doch auch bloß Neumen.«

»Kann sein, aber guck mal auf die Rückseite.«

Diese angeblichen Neumen sind sicher eine Geheimschrift, meint Kryptologenlehrling Fred. Und Kryptologen zählen gerne. Linien zum Beispiel oder die Buchstaben des Alphabets …

»Ein Zeitungsartikel?«, fragte Anna. Inzwischen saßen sie vor einem Café auf der *Plaza Bib-Rambla*. »Was steht drin?«

Opa Drechsler rührte in seiner Tasse und blickte auf das Papier. »Er ist wieder auf Spanisch. Sieht aus, als wäre er aus der gleichen Zeitung wie der erste, aber ein Jahr früher.« Er tippte auf das Datum. »Es geht um den Mord … Das muss der erste Bericht sein! Aber warte, dazu brauche ich mein Wörterbuch.« Er blickte über seine kleine Brille. »Siehst du, Anna, die Anschaffung hat sich gelohnt.«

Anna half ihm bei der Übersetzung, indem sie die Wörter, die er brauchte, für ihn nachschlug. Fred beschäftigte sich unterdessen mit Handyfotos, die er von den Neumen auf der Rückseite des Artikels und von denen in dem alten Buch gemacht hatte. Irgendetwas machte ihn stutzig, als er sie miteinander verglich. Doch dann war der Bericht fertig übersetzt und Opa Drechsler las vor:

Granada, den 11.09.1967
Mysteriöse Vorgänge auf der Alhambra

In der Nacht von Donnerstag auf Freitag letzter Woche ging die Polizei dem Hinweis eines aufgeregten Anrufers nach, der sich selbst als Wissenschaftler bezeichnete, seinen Namen aber nicht nennen wollte. Er gab an, während eines Erkundungsgangs auf der Alhambra mit zwei Fachkollegen, einer Frau und einem Mann, von dem Mann plötzlich hinterrücks niedergeschlagen worden zu sein. »Auf einmal wurde alles schwarz«, so der Originalton des aufgezeichneten Telefonats. »Als ich wieder zu mir kam, waren die beiden anderen verschwunden. Ich rappelte mich auf und blickte über die Burgmauer, da sah ich Elisa reglos am Fuß der Schlucht liegen. Überall war Blut! Oh mein Gott, sie … sie ist tot!«

»Der Anrufer war bestimmt Otto«, sagte Fred. »Der Mörder hat ihn niedergeschlagen und dann Elisa über die Brüstung gestürzt!« Er überlegte. »Wahrscheinlich hat er gedacht, Otto wäre auch tot.«

Anna nickte, Opa Drechsler las weiter.

Als die Polizeibeamten wenig später die fragliche Stelle untersuchten, fanden sie Blutspuren, von einer Leiche fehlte jedoch jede Spur. Die Befragung der Alhambra-Mitarbeiter ergab, daß eine gewisse Elisa Benazar seit mehreren Monaten angebliche archäologische Forschungen auf der Burg betrieben hat.

»Das Ziel ihrer Untersuchungen erschien uns von Anfang an recht fragwürdig«, erklärte der junge Museumshistoriker Aurelio Cascarrabia. Es sei wohl eher um eine naive Schatzsuche gegangen als um seriöse wissenschaftliche Arbeit. Da die Frau aber eine entsprechende Ausbildung vorweisen konnte, gewährte Cascarrabia ihr Zugang zu den Anlagen.

Er erwähnte weiterhin, er habe die Frau dann öfters in Begleitung eines spitzbärtigen, dunkel gekleideten Deutschen gesehen, den sie mit Herr Finnensteik anredete. An eine dritte Person konnte er sich nicht erinnern.

»Cascarrabia!«, rief Anna. »Der hat also damals schon auf der Alhambra gearbeitet und jetzt ist er Chef. Wieso hat er der Presse erzählt, sie seien nur zu zweit gewesen?«

»Keine Ahnung«, antwortete Fred. »Aber ist dir sein Vorname aufgefallen?«

»Aurelio? Klingt vielleicht ein bisschen poetisch für so einen Armleuchter. Wieso, was ist damit?«

»Er meint die Initialen«, sagte Opa Drechsler.

»Wow!«, rief Anna. »A. C.«

»*Ambrosio Capilla* war ein Deckname«, sagte Anna. »Klar,

sie hatten ja alle Decknamen. Und was stand im Artikel über Cascarrabia? Ein junger Historiker. Stand das nicht auch über A. C. in Elisas Brief?«

Opa Drechsler rieb sich seinen Schnurrbart. »Wir sollten aber keine vorschnellen Schlüsse ziehen, Anna.«

»Du glaubst, er ist der Mörder?«, fragte Fred aufgeregt.

»Nummer eins: Er hat die Initialen. Nummer zwei: Er war damals auf der Alhambra. Nummer drei: Er war ein *junger Historiker.* Nummer vier: Er hat der Polizei und der Presse weisgemacht, dass es nur zwei Leute waren statt drei. Sprich: dass er selbst nicht dabei war! Was wollt ihr denn noch?«

»Beweise«, sagte Opa Drechsler. »Jeder deiner Punkte könnte ein Zufall sein. Vielleicht hat er sich wirklich nicht richtig erinnert, vielleicht waren sie nicht immer zu dritt, wenn er sie gesehen hat. Historiker gibt es viele. Und viele Leute haben die Initialen A. C.«

»Nenn mir einen!«

»Ähm …«

»Siehst du?«, sagte Anna. Opa Drechsler schüttelte fahrig den Kopf.

»Zugegeben: Mehrere Zufälle sind ziemlich verdächtig. Aber es sind trotzdem nur Indizien. Wir brauchen mehr.«

»Ich denke, Otto wird uns die Beweise liefern«, sagte Fred. Er drehte den Zeitungsartikel um und tippte mit dem Finger auf die Neumen. »Ferdinands Schlüssel war noch nicht das letzte Rätsel. Ich fresse nämlich Inigos Besen, wenn das hier kein Code ist!«

»Albert Camus!«, rief Opa Drechsler.

»Was?«

»Wer?«

Verabredung

Anna stand um zehn Minuten vor acht vor dem Turm der Justiz und blickte gelangweilt auf die eingemeißelte Hand über dem Tor. Warum war sie eigentlich immer und überall zu früh dran? Jetzt musste sie hier auf diesen Spanier warten. Was hatte er über die Hand erzählt? Wenn sie mit etwas anderem zusammenkäme, würde irgendwas passieren. Sie schlurfte in den Tordurchgang. Richtig: ein Schlüssel. Wie sollten die denn zusammenkommen? Und was war es noch, was dann … Ach. Völlig egal. Sie sah das nicht ein, dass sie warten sollte. Sie hatte eine Idee. Sollte der doch auf sie warten!

In schnellem Schritt ging sie hinaus und ein Stück den Weg hinunter. Bei der ersten Biegung versteckte sie sich hinter einem Brunnen und beobachtete den Turm. Ein älteres Ehepaar kam sehr langsam herunter und lief an ihr vorbei. Sonst war nichts. Nur ein Junge saß da die ganze Zeit ein Stück weiter oben auf einer Bank. Den hatte sie im Vorbeigehen gar nicht bemerkt. Er sah in ihre Richtung. Das war … Inigo. Fing der jetzt etwa an zu grinsen? Anna bekam ganz heiße Ohren. Wie lange saß der da schon? Wie peinlich war das denn?!

Inigo schloss den Gärtnerschuppen ab. Feierabend für heute. Er sah auf die Uhr, es war zehn vor acht. Er hatte noch Zeit. Gut, dann musste er Anna nicht warten lassen. Er ging hinauf in Richtung Turm der Justiz. Als er näher kam, sah er sie schon dort oben stehen und die steinerne Hand betrachten. Er hielt inne. Also hatte sie die Geschichte doch interessiert? Er hatte gedacht, sie fand sie langweilig. Er sah Anna zu, wie sie mit dem Kopf im Nacken in den Tordurchgang ging und dabei eine Drehung machte. Das war sehr elegant, fand er. Unwillkürlich hatte er sich auf die Bank gesetzt, die hinter ihm stand. Jetzt fiel ihm auf, wie unhöflich das war. Nicht nur, dass er eine Dame warten ließ. Er beobachtete sie auch noch heimlich. Genau in dem Moment, als er aufstehen wollte, kam sie plötzlich im Stechschritt den Weg herunter auf ihn zu. Aber da war sie auch schon vorbei und hatte ihn anscheinend gar nicht gesehen. Was machte sie da unten?

Als Anna ihn dann doch bemerkte, lächelte Inigo sie an. Er wollte schon winken, aber dann sah er, dass sie plötzlich ganz rot wurde. Da wurde ihm klar, was sie da gerade hinter dem Brunnen machte! Deshalb war sie eben so eilig … Er guckte schnell in die andere Richtung und tat, als hätte er nichts gesehen. Oh, das war ja peinlich! Er hörte ihre Schritte. Hoffentlich tat sie auch so, als hätte er nichts gesehen.

Neumen

Opa Drechsler fuhr sich durch die Haare und stierte mit gerunzelter Stirn auf das Neumenblatt, das zwischen ihm und Fred auf dem Terrassentisch lag.

»Und du bist dir sicher, Derfred, dass es nicht vielleicht doch echte Neumen sein könnten? Vielleicht lag ja noch ein anderes Blatt in dem Buch und auf dem stand das nächste Rätsel. Wir haben ja gar nicht weiter nachgesehen.«

Fred lehnte sich zurück und blickte mit geschlossenen Augen in die untergehende Sonne. Eigentlich kann man mit geschlossenen Augen nirgends hinblicken. Außer natürlich in die Sonne und die sieht man so auch viel besser. Was Fred in der Sonne sah, war das Nachbild des Neumenblatts. Darüber legte er jetzt in seinem Kopf das Nachbild des alten Buchs. Wie zu sich selbst sagte er: »Warum gibt es keine Zeilen?«

»Hm. Du meinst Textzeilen, wie im Buch?«

»Ja. Auch. Durch den Text waren aber auch die Linien in Fünfergruppen aufgeteilt. Fünf Linien, eine Notenzeile. Wie bei den heutigen Noten. Aber wir haben auf unserem Blatt …« Er kräuselte die Stirn und seine Augen bewegten sich unter den geschlossenen Lidern. »Wie viele sind es eigentlich, dreißig?«

Der Alte strahlte. Wie dieser Bursche sich konzentrieren konnte! Er zählte schnell nach, damit Fred nicht die Augen aufmachen musste.

»27.«

»27 Linien im selben Abstand untereinander. 27 ist nicht durch fünf teilbar. Nur durch drei und neun. Aber wir haben auch weder Dreier- noch Neunergruppen. Wir haben gar keine Gruppen. Das ganze Blatt scheint nur aus einer einzigen Zeile à 27 Linien zu bestehen. Was hat das zu bedeuten? Hm. 27 … drei hoch drei … Bringt uns auch nicht weiter. Wenn es 26 wären, dann könnte man meinen, es hat etwas mit den 26 Buchstaben des Alphabets zu tun, aber 27? … Oh, Mann!« Plötzlich fing er an zu grinsen, immer noch mit geschlossenen Augen.

»Opa Drechsler, du hast doch neulich ein Gedicht von deinem Lieblingsdichter aufgesagt.«

»Christian Morgenstern?«

»Genau. Das mit dem Zaun. Wie fing das noch mal an?«

»Es war einmal ein Lattenzaun,
mit Zwischenraum, hindurchzuschaun.«

»Genau. Das ist es! Die Punkte auf unserem Blatt stehen ja nicht *auf* den Linien, sondern *dazwischen*.«

Opa Drechsler begriff. »Also haben wir nicht eine Zeile à 27 Linien, sondern eine Zeile à 26 Zwischenräume.«

»Bingo!«

 Hast du eine Idee, wie die Neumenbotschaft zu entschlüsseln ist?

Die Alte vom Berg

Anna und Inigo gingen schweigend nebeneinanderher. Seit der Begrüßung vor zehn Minuten war kaum ein Wort zwischen ihnen gefallen. Die bewaldeten Hügel im roten Licht der sinkenden Sonne waren zwar durchaus ein Anblick, den man stumm genießen konnte. Aber beim Schweigen gibt es gewisse Unterschiede. Um mit jemandem ein angenehmes Schweigen hinzubekommen, muss man sich gut kennen. Man schweigt, weil es gerade nichts zu sagen gibt. Aber das hier, das war ein peinliches Schweigen. Sie wussten einfach nicht, worüber sie reden sollten. Anna hoffte, dass sie bald da wären. Inigo wusste, dass sie noch ein Stück zu gehen hatten, und suchte fieberhaft nach irgendetwas Spannendem oder Interessantem, das er sagen konnte. Doch ihm fielen nur Sachen ein, die Anna ganz bestimmt langweilig und doof finden würde.

»Wie war das mit dieser Hand und dem Schlüssel über dem Tor?«, sagte Anna plötzlich, blickte dabei aber weiter stur auf ihre Füße. »Was haben die noch mal zu bedeuten?«

Inigo schien sehr erleichtert und fing sofort an zu erzählen: »Also, die heutigen Experrten sagen ja, das wärren alte islamische Symbole. Die Hand steht fürr die Wissenschaft und derr Schlüssel fürr den Glauben. Aberr Isabel, die Frrau, die wirr gleich besuchen, hat mirr etwas anderres gesagt. Sie sagt, die Menschen in Granada errzählten sich seit Jahrrhunderrten, dass es Zauberrsymbole wärren. Der maurrische König, derr die Alhambra gebaut hat, warr angeblich ein *brujo* … ein Magierr. Err soll seine Seele an den … *Diablo*, wie heißt das?«

»Teufel?«

»Genau. An den Teufel verrkauft haben. Dadurrch warr err in derr Lage, seine Burrg durrch einen Zauberr zu schützen. Die Leute sagen, das wärre derr Grrund, dass sie nach all den Jahrrhunderrten immerr noch steht. Obwohl alle anderren Bauwerrke aus ihrrerr Zeit längst durrch Brrände oderr Errdbeben zerrstörrt wurrden, sieht die Alhambra noch aus wie neu. Errstaunlich, nicht wahrr?«

Anna wollte ihn schon mit abschätzigem Blick fragen, ob er an so einen Unsinn glaubte. Doch dann sagte sie: »Und wenn die zwei Symbole nun zusammenkommen, was passiert dann?«

»Das ganze Gebäude fällt in Trrümmerr und die von den Maurren darrunterr verrgrrabenen Schätze kommen ans Licht.«

»Verstehe«, sagte sie lächelnd.

»Mach dich nicht lustig!«, sagte Inigo, doch er lächelte selbst. »Klarr, das ist nurr eine Legende. Aberr oft haben die einen wahrren Kerrn, sagt Isabel. Da vorrne sitzt sie übrrigens.«

Inzwischen waren die beiden auf dem Sacromonte angekommen, einem felsigen, karg mit gelbem Gras und einigen Aloepflanzen bewachsenen Hügel. Am Horizont verlief eine lange und anscheinend sehr alte Mauer. Da und dort waren Löcher im Felsen. Anna kniff die Augen zusammen. Nein, das waren keine Löcher, es waren Fenster. Und Türen. Hier waren lauter Höhlen im Felsen und sie waren offenbar bestens eingerichtet – und bewohnt! Vor einer dieser Höhlen sah Anna einen knallgelben Sonnenschirm und darunter saß in einem geflochtenen Schaukelstuhl eine alte Frau. Vor ihr, mit dem Rücken zu ihnen, saß auf einem kleinen Schemel eine junge Frau und hielt der Alten ihre Hand hin. Die beugte sich konzentriert darüber und schien etwas zu murmeln.

»Das ist Isabel Arenaz, die Alte vom Berrg«, verkündete Inigo.

»Was macht sie da?«, flüsterte Anna.

»Ich hab dirr doch gesagt, sie ist weise. Viele sagen, ihrr fehlt eine Schrraube. Aberr heimlich frragen sie doch alle um Rrat. Denn sie blickt den Dingen auf den Grrund.«

»Eine Wahrsagerin?!«

»Jetzt verrgiss mal deine Vorrurrteile und komm! Du wirrst schon sehen.«

Als die junge Frau sich umdrehte und die beiden kommen sah, kramte sie hektisch einen Geldschein aus ihrer Handtasche, gab ihn Isabel und machte sich aus dem Staub. Die alte Frau spähte missmutig in ihre Richtung. Doch als sie Inigo erkannte, umspielte ein kleines Lächeln ihre Lippen. Sie wechselten ein paar freundlich klingende Sätze auf Spanisch, und es schien, als würden sie sich gut kennen. Dann stellte Inigo ihr Anna vor. Die Alte musterte sie argwöhnisch von Kopf bis Fuß, sagte aber kein Wort. Anna stemmte die Hände in die Hüften und musterte die Frau ebenfalls schweigend von Kopf bis Fuß.

Das schien ihr zu imponieren, denn sie lächelte jetzt und streckte Anna die faltige Hand hin.

»*Yo soy Isabel.*«

»Freut mich. Ich bin Anna.«

Die Frau bot den beiden Stühle an und sagte noch etwas mit rauer Stimme. Inigo übersetzte grinsend: »Sie meint, du siehst nicht aus wie jemand, derr gerrn lange plauderrt. Du sollst sie rruhig dirrekt frragen, was du wissen willst.«

Also fragte Anna, ob sie etwas über den Rubin des Schwarzen Prinzen erzählen könne. Die Alte fixierte Anna einen langen Moment mit ihren funkelnden Augen. Ihr Blick fühlte sich an, als könne man nichts davor geheimhalten. Dann nickte sie und begann wortreich zu er-  zählen. Sie ruderte dabei mit den Händen, dass ihre vielen Armreifen nur so klimperten. Dann und wann legte sie eine kleine Pause für Inigo ein, da- mit er mit dem Über- setzen nachkam. Es lief auf eine ziemlich wilde Geschichte hinaus:

Der Rubin sei der

wertvollste Schatz der Alhambra und habe ihre Mauern niemals verlassen! Was die unwissenden Engländer an ihre Krone gesteckt hätten, sei eine Attrappe – noch nicht einmal ein echter Rubin! In Wahrheit habe der Sultan Abu Said damals den Stein in ein sicheres Versteck gebracht und es mit einem mächtigen Zauber geschützt. Denn er wusste um den Fluch, der auf ihm lastete: Er brachte seinen Besitzern den Tod! Dieser Sultan hatte beschlossen, der Letzte zu sein, der für den Stein stirbt. Er habe einen falschen Rubin anfertigen lassen. Den habe er sich dann um den Hals gehängt und sei damit zu Don Pedro dem Grausamen gefahren. Und nur diesen hätte sein Mörder erbeutet. Diese Fälschung stecke bis heute an der englischen Königskrone!

Anna runzelte im Lauf der Geschichte immer mehr die Stirn. Die Alte merkte das und hielt inne.

»¿*No me crees?!*«

»Was sagt sie?«

»Sie frragt, ob du ihrr nicht glaubst.«

Anna spürte, dass es keinen Sinn hatte, zu lügen.

»Na ja. Ich weiß nicht so recht.«

Die Alte winkte ab. Sie erhob sich aus ihrem Schaukelstuhl, der dabei noch lauter ächzte als sie selbst, gab Anna die Hand, wuschelte Inigo kurz über die Haare und ging zu ihrer Höhle. Sie steckte noch einmal den Kopf heraus und sagte einige Sätze, die in einem krächzigen, irren Kichern endeten, das noch zu hören war, nachdem sie die Tür schon geschlossen hatte.

»Sie meint, du sollst es in deinen schlauen Bücherrn

nachlesen, wenn du ihrr nicht glaubst«, sagte Inigo. »Nach ein paarr Hunderrt Jahrren hätten die Engländerr schließlich sogarr selbst gemerrkt, dass es kein echterr Rrubin ist.«

Anna betrachtete nachdenklich die Höhle. Inigo berührte sie vorsichtig an der Schulter. Sie erschauderte.

»Du frrierrst? Lass uns gehen, es ist schon fast dunkel, Anna. Dein Opa hat gesagt, ich soll dich sicherr nach Hause brringen.«

»Na, da bin ich ja beruhigt.«

Sommernacht

Als Anna und Inigo auf der Terrasse eintrafen, saßen Fred und Opa Drechsler gemütlich beim Eistee und plauderten.

»Ah, da seid ihr ja endlich«, rief Fred gut gelaunt. »Setzt euch, es ist heute richtig schön hier draußen. Habt ihr Neuigkeiten?«

»Mehr oder weniger«, sagte Anna, »aber …« Sie wollte sich gerade einen Stuhl heranziehen, als sie merkte, dass Inigo ihr schon einen unterschob.

»Äh, ja. Danke«, murmelte sie unsicher in seine Richtung. Während er sich selber hinsetzte, wandte sie sich schnell um und redete umso energischer weiter: »Aber die können warten. Wie mir scheint, seid ihr in ziemlich *gelöster* Stimmung, hab ich recht?!«

»So kann man's ausdrücken«, lachte Opa Drechsler. »Na

los, Derfred, deine Stunde ist gekommen. Zeig den beiden die Neumen-Lösung!«

Mit Bewegungen, die Anna sehr an diesen Zauberkünstler im Fernsehen erinnerten, den Fred so toll fand, zog er nun die Neumen, ein leeres Blatt Papier und einen Bleistift hervor. Er erklärte ihnen die Überlegung mit den 26 Zwischenräumen.

»Aha, 26!«, sagte Inigo.

Anna sah ihn von der Seite an. »Und?«, fragte sie spitz.

»Das Alphabet, nicht wahrr?«, entgegnete er etwas kleinlaut. »Es hat doch 26 Buchstaben.«

Anna tat einfach so, als sei die Feststellung völlig überflüssig, obwohl sie selber nicht auf diesen Zusammenhang gekommen war: »Selbstredend!«

Sie wandte sich an Fred. »Das heißt also, jeder der Zwischenräume steht für einen Buchstaben.«

»Genau«, sagte Fred und fuhr in seiner Darbietung fort, indem er schwungvoll das leere Blatt zur Hand nahm. »Aaalso …«

»Aber was bedeutet es, dass die Punkte so komisch verteilt sind?«, sagte Anna.

»Darauf wollte ich ja gerade …«

»Eine Spieluhrr!«, entfuhr es Inigo.

»Wie bitte?«, fragte Anna. »Lässt du meinen Bruder jetzt vielleicht mal ausreden?«

»Perdóname.«

Opa Drechsler kicherte sein glucksiges Kichern. Als alle ihn ansahen, hob er abwehrend die Hände: »Ich habe nichts gesagt, macht nur weiter.«

»Wo war ich stehen geblieben?«, sagte Fred irritiert. »Ach ja. Also, wir nehmen …«

»Was meinst du mit Spieluhr?«, wandte sich Anna an Inigo.

»Warr nurr so eine Idee.«

»Nun sag schon!«

Inigo blickte zu Fred, dem seine gute Laune allmählich abhandenzukommen schien.

»Nein«, sagte Inigo fest. »Dein Brruderr hat das Rrätsel gelöst. Lass ihn rreden.«

Fred atmete auf.

»Du hast aber ganz recht, Inigo«, sagte er, »es ist dasselbe Prinzip wie bei einer Spieluhr. Da hat man diese Walze, auf der scheinbar wahllos kleine Zapfen verteilt sind. Aber hält man die Klaviatur daran und dreht die Walze, ergibt die Reihenfolge der Zapfen auf einmal einen Sinn. Eine Melodie.«

»Und die Klaviaturr, die ist hierr das Alphabet«, sagte Inigo.

»Und die Melodie ist die Botschaft.«

Die beiden strahlten sich an.

»Freut mich, dass ihr zwei euch so gut versteht«, blaffte Anna.

Opa Drechsler räusperte sich.

»Ich glaube, für Anna und mich war das jetzt etwas zu abstrakt, Freunde. Nun führ es halt endlich mal vor, Derfred!«

Also zeichnete Fred flink und ohne weitere Erklärungen die Buchstaben des Alphabets in einem ganz bestimmten Abstand untereinander auf den linken Rand des leeren Blatts. Opa Drechsler schmunzelte, denn er hatte Fred versprechen müssen, nicht zu verraten, wie oft er das in der letzten Stunde geübt hatte. Als er nun das Blatt auf die Neumen legte und es langsam nach rechts wegzog, zeigte sich, dass seine Buchstaben exakt zwischen den Neumenlinien entlangfuhren.

 Was dabei herauskommt, kannst du jetzt selbst ausprobieren. Das Neumenblatt ist auf Seite 100 abgebildet.

Nach und nach tauchten die Punkte unter dem Blatt auf, jeder von ihnen strich unter einem Buchstaben hindurch. Die Melodie! Anna griff sich schnell den Bleistift und schrieb die Buchstaben mit. Ein Blick auf die Karte, und sie wussten den Ort, an dem sie morgen das nächste Rätsel finden würden.

Anna lehnte sich entspannt zurück und berichtete nun von ihrem Besuch bei der Alten vom Berg, den sie alles in allem als ziemlichen Fehlschlag hinstellte.

Inigo schien das gar nicht zu gefallen. Doch er kam nicht dazu, zu widersprechen, denn Opa Drechsler rief dazwischen. »Moment mal! Sie sagt, der Stein sei gar kein echter Rubin?!«

»Jepp.« Anna grinste. »Diese Isabel behauptet, ohne mit

der Wimper zu zucken, an der britischen Krone stecke seit Jahrhunderten eine Fälschung!« Als sie sah, wie der Alte nachdenklich seinen Schnurrbart rieb, wurde sie ernst.

»Was ist?«

»Hm«, brummte er, »wenn ich bloß nicht immer so schnell lesen würde, das ist eine blöde Angewohnheit. Einiges von dem, was in diesem Juwelenbuch über den Stein geschrieben stand, habe ich bloß überflogen. Aber jetzt, wo du das sagst, kommt es mir so vor, als hätte es da geheißen, er sei in Wahrheit kein echter Rubin.«

Anna war verdattert, Inigo lächelte zufrieden.

Opa Drechsler hob die Hände: »Aber wie gesagt: Ich weiß es nicht genau. Wir müssen das noch einmal nachschlagen, dann erst können wir beurteilen, wie wir die Geschichte dieser Isabel einzuordnen haben.«

Der Einzige, den die Sache mit dem Rubin nicht weiter zu interessieren schien, war Fred. Seit sie die Lösung des Neumenrätsels – *Saal der Abencerrajes* – auf der Karte nachgesehen hatten, hatte er nicht ein Mal aufgeblickt. Während Annas Erzählung hatte er stumm mit Karte, Morsebuch und Notizzetteln hantiert, dabei aber anscheinend doch mit einem Ohr zugehört, denn jetzt sagte er: »Wir müssen wohl alle ein bisschen genauer hinsehen!« Er lehnte sich zurück und schaute in die Runde. »Ist es euch eigentlich nicht seltsam vorgekommen, dass wir heute Mittag so hilflos vor dem Turm standen und nicht wussten, wonach wir suchen sollen? Ohne Inigo würden wir wahrscheinlich jetzt noch dort stehen. Stimmt's, Anna?«

Seine Schwester schnitt ihm eine Grimasse.

»Worauf ich hinauswill …«, Fred tippte mit dem Finger auf die Karte. »Wir haben Ottos zusätzlichen Hinweis übersehen! Beim Turm der Justiz ist nämlich ein Morsecode versteckt. Hier, in den Grashalmen.«

»Darrf ich?« Auf Freds Nicken hin nahm Inigo die Karte und hielt sie sich vors Gesicht. Fred fuhr fort:

»Da steht: KLEINE TAFEL OBEN.«

»Das hätte uns weitergeholfen«, nickte Opa Drechsler. »Ist so ein Code denn jetzt auch beim Saal der Abencerrajes versteckt?«

»Und ob«, sagte Inigo. »Warrtet mal: Zett, E, Err, Be …«

 Findest du den zweiten versteckten Hinweis auch? Wie lautet er?

»Wow, du kannst morsen?«, rief Fred. »Und aus dem Kopf?!«

Anna zog eine Augenbraue hoch.

»Ja«, Inigo lachte. »Das habe ich geübt, letztes Jahrr. Ein Frreund von mirr, Diego, wohnt mirr gegenüberr. Wirr wollten uns nachts mit Taschenlampen funken und dazu haben wirr das auswendig gelerrnt.«

»Wie? Ganz ohne Buch?«, sagte Fred.

»Was fürr ein Buch?«

Fred zeigte Inigo das Morsebuch. Der war begeistert.

Sie begannen, sich über Morse zu unterhalten, dann über Codes und Muster im Allgemeinen. Dass sie nicht allein waren, schienen sie völlig zu vergessen und kamen vom Hölzchen aufs Stöckchen. Besser gesagt vom Pünktchen aufs Sternchen – und ruck, zuck lagen sie auf dem Rücken und zeigten sich gegenseitig Sternbilder am Himmel.

Jetzt zog Anna beide Augenbrauen hoch. Doch dann

ließ sie sie wieder sinken. Sie lehnte sich zurück und drehte sich zu Opa Drechsler.

»Hast du gehört?«, murmelte sie und wedelte irgendwo nach oben. »Das da oben ist der *Große Wagen*! Interessant, oder?« Als Antwort gluckste der Alte nur ein bisschen.

»Genau!«, rief Inigo und verdrehte im Liegen mühsam seinen Hals zu ihr hin. »Bei uns heißt es aberr *Grroße Bärrin*!« Dann wandte er sich wieder Fred zu und ließ sich die Kassiopeia zeigen.

Anna verdrehte die Augen. Sie überlegte kurz. Schließlich sagte sie fast flüsternd, aber trotzdem irgendwie sehr eindringlich: »Wenn du morsen kannst, Spanier: Wie kommt es eigentlich, dass du nichts gesagt hast, als wir am ersten Tag die Punkte und Striche beim Finkenstein-Schriftzug gefunden haben?!«

Inigo stand langsam auf, wischte sich den Hosenboden ab und setzte sich wieder an den Tisch. Er nahm einen Schluck Eistee.«

»Ihrr habt mich ja nicht gefrragt«, sagte er.

Fred war platt.

»Du wusstest gleich, wie die Botschaft lautet?! *Bleistift im Mexuar*?«

Inigo grinste. Fred sah besorgt zu Anna. Dafür würde sie Inigo hassen. Gerade jetzt, wo sie anscheinend angefangen hatte, mit ihm klarzukommen. Doch zu Freds großer Verwunderung fing seine Schwester jetzt auch an zu grinsen. Und ebenso Opa Drechsler. Fred schüttelte verwirrt den Kopf. Was zwischen den Leuten um ihn herum vorging, war ihm manchmal *wirklich* ein Rätsel.

Jueves

Frad nies thcin saw, nnak nies thcin,
frahcsressem re tßeilhcs os, liew.
Christian Morgenstern

Fuego

Am nächsten Vormittag schleuste Inigo die drei wieder durch die Hintertür in den Mexuar und führte sie von dort aus zum Saal der Abencerrajes. Drinnen standen fast alle Besucher mit dem Kopf im Nacken, denn die Kuppel an der Decke war ähnlich beeindruckend wie die, die Fred beim ersten Mal so umgehauen hatte. Er riss sich aber schnell von dem Anblick los und half, unauffällig nach etwas zu suchen, das *zerbrochen* war, denn so lautete der zweite Morsehinweis. Der flache, zwölfeckige Brunnen in der Mitte des Saales hatte zwar ein paar Macken, wirkte aber insgesamt noch ganz brauchbar. An den Seiten des Raumes jedoch waren zwei Nischen. Und in der linken davon wurde Anna nach kurzer Zeit fündig. Sie winkte Fred und Opa Drechsler heran. Inigo stand derweil wieder *Schmierre*.

Als Fred hinüberging, hatte er zwischen den Touristen plötzlich wieder diesen eigenartigen schwachen Geruch in der Nase. Was war es nur? Er kam einfach nicht darauf. Er blickte kurz um sich, konnte aber keinen Mann mit Vollbart entdecken. Es trug auch niemand einen Hut. Nur ein kleiner Herr mit dunklem Teint und grünem Turban, der in der Nähe stand, hatte eine ähnliche große Sonnenbrille auf der Nase wie der Typ gestern in der Kathedrale. Mit einem Kopfschütteln verscheuchte Fred die wirren Gedanken, schob sich schnell durch den Pulk weiter und beugte sich in der düsteren Ecke zu Anna hinunter, um ihren Fund in Augenschein zu nehmen. In der Ecke waren eini-

125

ge kleine Kacheln, die im Gegensatz zu allen restlichen an dieser Wand mit Rissen und Sprüngen überzogen waren.

»Was hältst du davon?«, flüsterte sie.

»Hm.«

Die Kacheln waren mit Zeichen beschriftet, die schwer zu deuten waren.

Denkst du, das ist Arabisch? Und was hat wohl die Strichellinie auf der Rückseite dieser Abbildung zu bedeuten? →

»Es könnten Teile eines Schriftzugs sein«, meinte Opa Drechsler, »vielleicht Arabisch.«

»Hm. Kann man Arabisch auch senkrecht schreiben?«, fragte Fred.

»Weiß nicht.«

»Lasst uns das Ganze fotografieren und dann sehen wir draußen weiter«, sagte Anna. »Ich will hier so schnell wie möglich verschwinden.« Sie schaute sich um. »Irgendwie habe ich ein ungutes Gefühl.«

»Oh, Mist«, brummte Opa Drechsler, »geht nicht. Der Handy-Akku ist schon wieder leer …«

Doch zum Glück hatte Fred ja seinen unerschöpflichen Rucksack dabei. Er holte schnell Transparentpapier und einen Bleistift heraus und begann, die Zeichen von den Kacheln abzupausen.

»Ich muss vorsichtig sein«, flüsterte er, »die sind anscheinend ziemlich locker.«

Opa Drechsler und Anna stellten sich dicht vor ihn, um neugierige Blicke abzuschirmen. Anna behielt den Saal im Auge. In ein paar Metern Entfernung stand ein etwa fünfjähriger Junge mit Sommersprossen und umgedrehter Schirmmütze, der sie unverwandt anstarrte. Sie streckte ihm die Zunge heraus, woraufhin er sich schnell wegdrehte.

»Beeil dich, Fred!«, flüsterte sie, ohne den Blick von dem kleinen Kerl abzuwenden. Jetzt sah er wieder in Annas Richtung. Er streckte ihr ebenfalls die Zunge heraus, dann beugte er sich nach vorn, um einen Blick auf Fred zu erhaschen.

Im selben Augenblick ertönte ein winziges klirrendes Geräusch hinter Annas Rücken. Sie zuckte zusammen. Oh nein!

»Kein Problem, das kann ich kleben«, murmelte Fred. Doch der Junge zupfte jetzt aufgeregt am Ärmel seiner Mutter.

»*Mom!*«

»Kannst du nicht«, zischte Anna. »Pack ein, schnell!«

»*MOM!*«, keifte der Junge.

»*Shshsh!*«, machte die Mutter.

»*What is it, my dear?*«

»*THEY BROKE SOMETHING!*«, schrie er und zeigte direkt auf Anna. Seine hohe Stimme ging ihr durch Mark und Bein.

»*What? Who?*«

»*THEY BROKE SOMETHING! THEY BROKE SOMETHING! THEY BROKE SOMETHING!*«, wiederholte die kleine Ratte stumpfsinnig ein ums andere Mal und wurde dabei immer noch lauter, wie eine Sirene. Vor dem Eingang des Saales tauchte prompt in einiger Entfernung ein feister Kopf mit zornigen Knopfaugen auf. Cascarrabia! Doch Anna hatte die Situation noch gar nicht richtig erfasst, als plötzlich jemand anderes im Saal brüllte.

»*¡FUEGO!*«

Köpfe wirbelten herum, einige der Besucher kreischten auf. Anna wusste sofort, was das Wort bedeutete, als sie die Stichflamme hinter dem Brunnen hochzüngeln sah. Jetzt brach das Chaos aus. Die Leute hasteten zum Ausgang, drängelten, schubsten und rannten einander fast um, zusätzlich angetrieben von dem geistesgegenwärtigen Inigo, der in seiner Aufseheruniform wild mit den Armen fuchtelte und mit fester Stimme rief: »*¡FUEGO! ¡FUERA, TODO EL MUNDO! ¡ÁNDALE! ¡ÁNDALE!*«

Die Flüchtenden verstopften den Ausgang und machten es für Cascarrabia unmöglich durchzukommen, der sich dennoch bemühte, seinen umfänglichen Leib gegen den Strom durch das aufgeregte Publikum zu quetschen. Das Feuer hatte ihnen etwas Zeit verschafft!

Schnell zog Inigo sein Schlüsselbund hervor, öffnete eine unauffällige Seitentür, die auf einen schmalen Durchgang führte, und sie schlüpften alle vier hinein. Inigo blickte noch einmal prüfend zu dem halb verkohlten Häufchen grüner Baumwolle auf dem Marmorboden, das schon wieder am Verglimmen war. Dann schloss er hinter ihnen ab. Doch es blieb keine Zeit zum Aufatmen.

Denn auch Cascarrabia hatte natürlich einen Schlüssel. Und der drehte sich wenige Augenblicke später bereits im Schloss. Sie rannten los. Es ging durch ein endloses Gewirr von Gängen, Treppen und Räumen. Inigo lief zielstrebig voraus, dicht gefolgt von Anna. Der Alte und Fred mit seinem großen Rucksack hatten alle Mühe mitzuhalten. Immer wieder hörten sie Cascarrabias Schritte und sein schweres Schnaufen direkt hinter sich. Die beiden fielen zurück. Opa Drechsler schien völlig außer Puste und Fred bekam höllisches Seitenstechen. Nachdem sie durch ein paar weitere Gänge gehetzt waren, konnte Fred nicht mehr. Er musste gleich stehen bleiben, egal was dann passierte. Doch da kam es ihm mit einem Mal so vor, als könne er den Atem des Verfolgers sogar im Nacken spüren, und als er im Weiterstolpern den Kopf drehte, berührte ihn eine Fingerspitze an der Schulter.

Oft hat man den Eindruck, man strengt sich wirklich an und tut sein absolut Äußerstes. Mehr geht nicht. Aber irgendwo, tief in uns drin … haben wir alle zwei kleine Nebennieren. Die produzieren ein Wundermittel namens Adrenalin und halten es für besondere Fälle bereit. Als Freds Gehirn von den Nerven in seiner Schulter die Sache mit der Fingerspitze erfuhr, erteilte es den Nebennieren sofortigen Feuerbefehl. Das geschah innerhalb von Sekundenbruchteilen. Und ungefähr in derselben Zeit hatte der mit Adrenalin vollgepumpte Fred schon zum Endspurt angesetzt, packte im Vorbeirennen Opa Drechslers Hand, zerrte ihn in einem Affenzahn eine steile Treppe hinauf und um die nächste Ecke. Die Schritte hinter ihnen verklangen. Sie hatten Cascarrabia abgehängt.

Kurz darauf schob Inigo den hechelnden Fred als Letzten durch eine kleine Stahltür in der Nordseite der Burgmauer, die auf einen ruhigen, von Kakteen gesäumten Fußweg führte. Sie traten hinaus in die Sonne. Inigo blieb in der Tür stehen.

»Ich muss wiederr zurrück.«

»Aber … chch … wenn Cascarrabia … chch … dich gesehen hat?«, schnaufte Fred besorgt.

»Hat err es bestimmt schon wiederr verrgessen. Derr konnte sich mein Gesicht noch nie merrken.« Er lachte.

»Was?«, fragte Anna irritiert. »Der vergisst doch nicht, wenn einer in seinem Laden Feuer legt!«

Inigo wurde ernst. »Wieso? *Ich* habe das Feuerr doch nicht gemacht!«

Alle Köpfe drehten sich zu Opa Drechsler, der sofort abwehrend die Hände hob.

»Guckt *mich* nicht an, Leute! Bin bloß ein harmloser alter Mann.«

»Freeed?«, sagte Anna gedehnt.

Doch ihr Bruder reagierte gar nicht. Er kratzte sich mit glasigem Blick am Hinterkopf, immer noch schwer schnaufend.

»Fred, hast du das Feuer …«

»Nein«, sagte er. »Aber ich denke, ich weiß, wer es war.«

»Wer?«, fragten alle drei.

»Ihr lacht mich ja doch nur aus.«

»Etwa der Typ mit Bart und Hut? Dein Phantom aus der Kathedrale?«, sagte Anna und schien schon nicht mehr sonderlich erpicht auf die Antwort.

»Nein.«

»Gut. Wer dann?«

»Ein Inder hat seinen Turban angezündet. Ein Inder, der genau die gleiche Sonnen- brille trug und genauso gerochen hat!«

»Alles klar. Das Feuer muss zufällig ausgebrochen sein. Wir haben einfach Glück gehabt. Also dann, tschüs, Ini- go. Wir halten dich auf dem Laufen- den«, sagte Anna, während Inigo die Tür schloss und Opa Drechsler sanft Freds Schulter tätschelte.

Und das elektrische Licht
leuchte ihnen

»Ich glaube nicht, dass das Rätsel Arabisch ist«, sagte Anna.

Sie spazierten auf der unbelebten Seite der Burg im Schatten des Alhambrahügels Richtung Stadt hinunter. Der Weg fiel stetig ab, sodass die ohnehin riesige Mauer zu ihrer Linken immer höher und höher wirkte, denn sie ging nach unten unmerklich in das Felsgestein des Hügels über. Anna betrachtete im Gehen Freds Transparentpause.

»Na ja«, meinte Opa Drechsler, »ich könnte mir ganz gut vorstellen, dass Graf Otto auch Arabisch konnte.«

»Ich auch«, antwortete Anna, »aber wie mein Bruderherz zu sagen pflegt: Das wäre nicht Ottos Stil.«

»Punkt für dich. Aber was ist es dann?«

Beide schauten zurück zu Fred, der ein Stück hinter ihnen ging, mit gesenktem Kopf.

»Freddyboy?«, summte Anna.

Doch ihr kleiner Bruder zuckte nur die Achseln. Opa Drechsler berührte Annas Arm und flüsterte:

»Lass ihn ein bisschen eingeschnappt sein. Er fängt sich bald wieder.« Laut fuhr er fort: »Es wundert mich eigentlich, dass der Graf uns diesmal keinen zusätzlichen Tipp gegeben hat.«

»Einen, den wir wieder übersehen haben, meinst du? Morse auf der Karte?«

»Nein«, antwortete Opa Drechsler grüblerisch. »Ich glaube, dass auf der Karte Hinweise darauf sind, wo genau die Rätsel versteckt sind. Und den für dieses Rätsel haben wir ja auch entdeckt: *zerbrochen*. Ich denke da eher an etwas Doppeldeutiges … wie bei der Sache mit dem *Bleistift*. Das Wort hat uns zum einen zu dem Versteck im Mexuar geführt. Gleichzeitig war es aber auch ein Tipp zum Entschlüsseln der Skytale, die sich darin befand.«

»Zerbrochen!«, rief Fred hinter ihnen. Er wirkte wie verwandelt, als er die beiden einholte, Anna das Transparentpapier aus den Händen pflückte und sagte: »Das wäre eine Möglichkeit!«

 Könnte es sein, dass nicht nur die Kacheln zerbrochen sind, sondern auch die Schrift selbst? Und wenn ja, wie kannst du die Teile wieder zusammenbringen?

Kurz nach Mittag saßen die drei in dem gemütlichen Lokal am Botanischen Garten und waren gerade mit ihren Tortillas fertig. Es hatte genau auf dem Weg zu ihrem nächsten Ziel gelegen: dem Kloster *San Jerónimo*. Fred hatte nämlich mit dem Transparentpapier ein bisschen herumprobiert und festgestellt, dass die Zeichen sich zu Buchstaben zusammenfügten, wenn man das Blatt zwischen den Kacheln senkrecht knickte. JERONIMO hatte dann die Lösung des Rätsels gelautet, als er das Papier gegen das Licht gehalten hatte. Die Karte hatte ihnen verraten, was damit gemeint war: ein Kloster unten in der Stadt Granada.

Und auch Morsezeichen hatten sie wieder auf der Karte gefunden. Die entzifferten sie jetzt gerade beim Nach-

tisch. Doch was dabei herauskam, verursachte den Rätselknackern neues Kopfzerbrechen.

 Wenn du die Morsezeichen auch entdeckt hast, kannst du eine seltsame Botschaft entschlüsseln. Vielleicht kommt sie dir sogar teilweise spanisch vor ...

»Was soll das denn heißen?«, stöhnte Anna.

»Vermutlich, dass wir ein paar Opferkerzen stiften sollen«, sagte Opa Drechsler.

»Und dann schickt uns der Himmel ein Zeichen, wie es
weitergeht?«

»Wer weiß?«

»Sagt dir dieser Name etwas?«, fragte Fred. »Für den wir
die Kerzen anzünden sollen?«

Der Alte zuckte mit den Achseln.

»Ich rufe mal Inigo an, vielleicht weiß er ja etwas über
den Typen«, sagte Anna und ging zur Theke, wo Opa
Drechsler seinen Akku hatte aufladen dürfen.

»Scheint so, als wäre unser Insider Inigo inzwischen vom
gesamten Team anerkannt, was?«, raunte Opa Drechsler.
Fred grinste schief und schien etwas Witziges antworten
zu wollen, aber da kam Anna schon zurück und Fred blickte sie stattdessen unschuldig an.

»Mailbox«, sagte sie.

»Na gut«, beschloss der Alte, »dann lasst uns einfach zu
diesem Kloster gehen und uns dort umsehen. Vielleicht
wissen wir dann ja mehr. *¡La cuenta, por favor!*«

Für ein kleines Eintrittsgeld durfte man sich im Kloster San Jerónimo den lauschigen Kreuzgang mit Blick auf die Orangenbäume im Innenhof ansehen, außerdem einige daran angrenzende Räumlichkeiten. Besonders die Kapelle wurde ihnen von dem Mönch an der Rezeption in den höchsten Tönen angepriesen.

Die Kinder fanden aber erst einmal die vielen marmornen Gedenktafeln wesentlich interessanter, die rundum im Sandsteinboden des Kreuzgangs verteilt waren. Sie stammten offenbar aus allen Jahrhunderten seit Erbauung des Klosters. Sie zeigten je den Namen, den Geburtsort und die Lebensdaten eines Mönchs. Vielleicht war der Name, den sie suchten, ja darunter! Während Anna und Fred auf Tour durch den quadratischen Säulengang gingen und jedes Täfelchen entzifferten, durfte Opa Drechsler auf einer Steinbank ausruhen und sich den Orangenduft um die Nase wehen lassen. Nach zehn Minuten tauchten die beiden mit langen Gesichtern wieder auf.

»17 Jerónimos«, zählte Fred auf, »15 Pedros, 12 Franciscos, 12 Juans, 10 Pablos, 2 Domingos, 43 diverse …«

»Aber kein *Osamayor*«, schloss Anna.

»Das habe ich geahnt. Unser Name klingt auch irgendwie nicht nach Mönch. Er klingt überhaupt seltsam. Ich konnte inzwischen übrigens doch nicht stillsitzen.« Opa Drechsler zeigte auf ein offen stehendes Portal zu seiner Rechten. »Ich habe entdeckt, wo wir dem lieben *Osamayor* seine sieben Kerzen anzünden sollen. Besser gesagt: anknipsen! Seht euch das an, es ist … speziell!«

Er führte sie in die kleine Klosterkapelle, wo sie zunächst

nicht anders konnten, als die enorme Schnitzarbeit hinter dem Altar anzustarren. Die ganze Wand war über und über mit bemalten Holzfiguren bedeckt, die Dutzende von biblischen Szenen darstellten. Und das so kleinteilig und realistisch, dass man vermutlich Tage davor verbringen konnte und immer noch nicht alles gesehen hatte.

»Nur für die Akten, Fred: So etwas nennt sich ein Retabel«, erklärte Opa Drechsler. »Quasi ein mittelalterlicher Bibel-Comic. Damals konnte ja kaum jemand lesen, also hat man den Leuten das ganze Neue Testament einfach gezeigt.«

»Iiiiiiiiiih!« Anna schlug sich die Hand vor den Mund. Der Alte folgte ihrem Blick. Sie hatte die Enthauptung Johannes' des Täufers entdeckt. Um wirklich keinen Zweifel daran aufkommen zu lassen, worum es ging, hatte der Künstler den Moment *nach* dem Schwerthieb abgebildet und nicht etwa den, wo der Henker noch ausholt …

»Ja, ja, das Bilderverbot des Islam hat schon etwas für sich«, gluckste Opa Drechsler. »Aber das ist eine andere Geschichte. Eigentlich wollte ich euch doch das hier zeigen.« Er führte sie in den hinteren Bereich der Kapelle. Dort stand ein Opferkerzentisch. Anna und Fred kannten so etwas aus den Kirchen zu Hause, doch der hier war anders. In Deutschland warf man zwanzig Cent in eine kleine Kasse, nahm sich eine Stearinkerze vom Stapel, zündete sie an einer an, die schon brannte, und steckte sie in einen der reihenweise angeordneten Kerzenhalter. Einen Münzschlitz gab es hier auch. Und reihenweise angeordnete Kerzenhalter. Doch was darin steckte, waren weiße

Plastikschäfte mit Glühbirnchen an der Spitze! Elektrische Kerzen wie an den modernen Weihnachtsbäumen.

»Das Ding ist ein Automat!«, sagte Fred.

In diesem Moment klingelte Opa Drechslers Handy. Der dicke Aufsehermönch in der Ecke schüttelte ärgerlich den Kopf, also machte der Alte, dass er aus der Kapelle kam. Anna und Fred inspizierten weiter den Kerzentisch.

»Drechsler?«

»Hallo Opa Drrechslerr, hierr ist Inigo. Ihrr habt vorrhin angerrufen?«

Opa Drechsler erzählte Inigo von der Lösung der zerbrochenen Kacheln und dass sie nun schon im Kloster San Jerónimo waren. Dann fragte er ihn, ob er etwas mit der Morsebotschaft anfangen könne, die auf der Karte im Bild der Klostermauer versteckt war: *7 Kerzen für Osamayor.*

»Wir haben keine Ahnung, wer das sein soll. Sagt dir der Name etwas?«

Inigo lachte. »Klarr! Aberr das sind zwei Wörrterr, nicht eins. Und es ist kein werr, sonderrn ein was: *Osa* heißt Bärrin und *mayor* heißt grroß. Das ist das Sterrnbild, das wirr gesterrn Abend gesehen haben. Der Grroße Wagen, wie es die Deutschen nennen.«

Opa Drechsler patschte sich gegen die Stirn.

»Meine Güte! So viel Spanisch hätte ich nun wirklich noch zusammenbringen können …«

Zurück in der Kapelle berichtete er Fred und Anna von den Neuigkeiten. Fred schloss sofort die Augen und sah an die Decke.

»Der Große Wagen besteht
aus sieben Sternen«, sagte er
und lächelte. »Na, dann wissen
wir ja jetzt, was wir zu tun haben.«
Der Alte besah sich den Kerzentisch.

»Wir müssen das Sternbild hier drauf anknipsen. Aber wie funktioniert dieses Ding?«

»Das haben wir schon ausbaldowert, während du draußen warst«, sagte Anna schwungvoll. »Siehst du, die Kerzen sind senkrecht und waagerecht durchbuchstabiert.
Man wirft seine Münze ein, drückt auf den Tasten hier
vorne zwei Buchstaben und dann geht die entsprechende
Kerze für 24 Stunden an.«

»Alles klar«, meinte Opa Drechsler und kramte sein Portemonnaie heraus. »Habt ihr noch Zwanzig-Cent-Stücke?«

Sie bekamen acht zusammen, also konnte es losgehen.

Da sie nur einen Fehlversuch hatten, überlegten und diskutierten sie vorher genau, welche Kombination von sieben Kerzen dem Großen Wagen wohl am ähnlichsten sehen würde.

 Tja, welche sieben Kerzen sollen sie anzünden? Du hast den Vorteil, dass du direkt mit dem Sternenhimmel auf Seite 120 vergleichen kannst. Es könnte sein, dass die Buchstabenkombinationen der richtigen Kerzen später noch wichtig werden …

Schließlich hatten sie sich entschieden und Fred entzündete die erste Kerze: BG. Dann noch eine und noch eine. Auf einmal hörten sie schlurfende Schritte und von hinten trat ein hutzeliges altes Mütterchen heran, steckte kurzerhand ihre Münze in den Schlitz und drückte auf C und R. Sie drehte sich um, lächelte und sagte etwas auf Spanisch zu Fred. Der nickte einfach, die Alte verschwand.

»Was hat sie gesagt?«, fragte er Opa Drechsler.

»Dass sie diese Kerze jeden Tag für ihren verstorbenen Mann anmacht. Er hieß nämlich Carlos Rodriguez.«

»Rührend«, murrte Anna. »Aber der gute Carlos gehört nicht in unser Sternbild! Wir hätten sie abhalten sollen.«

»Mist, daran habe ich gar nicht gedacht«, sagte Fred. »Anna hat recht. Was auch immer passiert, wenn die richtigen sieben Kerzen brennen. Es wird wohl kaum passieren, wenn noch eine achte brennt.«

Opa Drechsler rieb sich den Schnurrbart.

»Hm. Das würde ja bedeuten, dass wir morgen wiederkommen müssten. Und zwar genau in der Zeit, wenn Carlos schon ausgegangen ist und seine Frau noch nicht da war, um ihn wieder anzuzünden. Und höchstwahrscheinlich brennt dann gerade irgendein anderer Carlos oder Augusto. Ich kann mir nicht vorstellen, dass Otto das nicht bedacht hat. Mach mal weiter, Fred, ich habe da so eine Idee.«

Also entzündete Fred wieder drei Kerzen. Dann hielt er die Luft an und sah sich in der Kapelle um. Der Aufseher kauerte auf der hintersten Bank und schnarchte leise, sonst war niemand da. Er warf eine Münze ein und drückte die Kombination für die siebte Kerze: CV. Die Kerze leuchtete auf. Sonst passierte nichts. Anna seufzte leise. Jetzt trat Opa Drechsler an den Tisch und warf die letzte Münze ein.

»Entschuldige, Carlos. Aber schon morgen kommt deine Frau ja wieder.« Damit drückte er CR – und die achte Kerze ging aus. Die sieben des Großen Wagens wurden etwas heller, ein leises Knirschen wie von Zahnrädchen wurde hörbar, dann ein *Klack*! Und an der Seite des Tisches sprang eine kleine Schublade auf.

»Siehst du, Anna, du hattest in gewisser Weise recht«, lachte Opa Drechsler. »Der Himmel *hat* uns ein Zeichen geschickt, durch das es weitergeht ... ein Sternzeichen!«

Die unmögliche Tatsache

In der Schublade lag ein Blatt mit einem Quadrat von fünf mal fünf Buchstaben. Das nächste Rätsel. Doch viel wichtiger erschien ihnen im Moment der Brief, der sich darunter befand. Sie setzten sich sofort damit draußen auf die Steinbank. Anna las vor:

03.03.1968
Finkenstein!
Oder soll ich Sie weiterhin Finnensteik nennen? Dachten Sie wirklich, diese Chiffrierung Ihres echten Namens würde mich auf Dauer daran hindern, Sie aufzuspüren? Das reicht vielleicht für die spanischen Polizisten, die nicht einmal im Regen eine Erkältung einfangen können.
Aber wahrscheinlich haben Sie damit gerechnet, von mir zu hören, denn Sie sind ein schlauer Fuchs, das haben Sie mir oft genug zu spüren gegeben. Warum sonst säßen Sie einfach da, in Ihrem alten Schloß, und machten nicht einmal den Versuch unterzutauchen? Sie haben offensichtlich keine Angst, ich könnte noch einmal zur Polizei gehen und denen erzählen, wie Sie mich niedergeschlagen haben. Und diesmal Ihren richtigen Namen und Ihren Wohnsitz angeben.

An dieser Stelle brach Anna plötzlich ab. Kreidebleich im Gesicht, stand sie auf.

»Was ist los?«, fragte Fred mit einem bangen Kiekser in der Stimme. »Was steht da noch?«

»Das willst du nicht wissen.«

Opa Drechsler ging zu ihr, nahm ihr sachte den Brief aus der Hand und las weiter:

Sie haben Elisa umgebracht, werter Herr von Finkenstein, wir beide wissen das. Aber wir beide wissen auch, daß es etwas gibt, woran mir viel mehr liegt als an Ihrer Ergreifung.

Ich werde Ihnen in den nächsten Tagen eine Notiz mit genauen Anweisungen zukommen lassen, wo Sie ihn für mich hinterlegen sollen. Danach werden wir nie mehr voneinander hören.

Versuchen Sie keine Tricks!

Ambrosio Capilla

»Graf Finkenstein war der Mörder!«, stöhnte Anna.

Fred war ebenfalls aufgesprungen und schüttelte jetzt immer wieder den Kopf wie eine Aufziehpuppe.

»Wir sind ganz selbstverständlich davon ausgegangen«, fuhr Anna fort, »dass Graf Otto der anonyme Anrufer war, den der Mörder vorher niedergeschlagen hatte. Wir haben nicht im Traum daran gedacht, dass es auch umgekehrt gewesen sein konnte. Otto hat Capilla niedergeschlagen. Dann Elisa von der Brüstung gestürzt, warum auch immer. Dann hat er die Leiche verscharrt und ist geflohen. Ende der Durchsage. Mir ist schlecht.«

Fred schüttelte immer noch den Kopf. Opa Drechsler räusperte sich. »Das muss der Brief nicht unbedingt bedeuten.«

»Was denn sonst?! Gibt es irgendeine andere Möglichkeit, was das bedeutet? Warum sollte Capilla in einem Brief an den Grafen lügen?«

Opa Drechsler zuckte ratlos die Achseln und suchte Hilfe bei Fred. Der hörte nun endlich auf, den Kopf zu schütteln, und sagte langsam: »Ich habe keine Ahnung, was das bedeutet. Nicht die geringste. Alles spricht dafür, dass Anna recht hat.«

Opa Drechsler runzelte die Stirn.

»Du meinst …?«

»Nein!«, sagte Fred fest. »Denn wir dürfen eines nicht vergessen: Otto selbst hat uns diesen Brief zugespielt. Er wollte, dass er gefunden wird, er ist Teil der Rätselspur. Was würde seine ganze Mühe für einen Sinn ergeben, wenn das hier das letzte Wort wäre? Ich bin mir sicher, wir kommen dahinter, was das tatsächlich bedeutet, indem wir weitermachen.« Er stockte und machte ein seltsam gurgelndes Geräusch. »Und falls der Graf tatsächlich wollte, dass wir *ihn* als Mörder entlarven, wissen wir wohl am Ende wenigstens, warum.« Fred räusperte sich. »Dann werden wir unser Museum einer guten Sache stiften oder so …«

Anna und Opa Drechsler tauschten einen kurzen Blick. Sie sahen beide, dass Fred den Tränen nahe war. Schnell rief der Alte: »Genau! Aber so weit wird es garantiert nicht kommen! Also jetzt mal her mit diesem Buchstabenquadrat da. Wäre doch gelacht!«

Spiel anständig!

Fred war heilfroh darum, eng zwischen den beiden auf der Steinbank im Kreuzgang sitzen und sich mit dem nächsten Rätsel ablenken zu können. Und es war eine ausgezeichnete Ablenkung, denn es erforderte allen Scharfsinn, den sie aufbieten konnten. Zunächst versuchten sie, in dem Buchstabenquadrat Wörter auszumachen.

 Jetzt wird es haarig. Du musst erst noch ein Stück weiterlesen, um das hier lösen zu können.

»*Ödam*? Ist das vielleicht eine Stadt in Holland?«, sagte Anna. Weder Fred noch der Alte gingen auf ihren Vorschlag ein und eigentlich war es ihr auch lieber so.

»*Fin* ist das französische Wort für Ende«, meinte Opa Drechsler.

»Könnte das etwa bedeuten …«, Anna stockte.

»Das hier ist *nicht* das Ende der Rätsel«, sagte Fred, ohne aufzublicken. »Das Wort hat nur drei Buchstaben. Nimm zwei häufig verwendete Konsonanten, wie F und N, und setz einen beliebigen Vokal dazwischen – schon hast du in irgendeiner Sprache ein Wort. Nein. Gebt mir vier Buchstaben, die einen Sinn ergeben, und wir haben einen vagen Verdacht. Gebt mir fünf und wir haben eine ernsthafte Spur.«

»Verstehe«, sagte Anna.

»Außerdem«, sinnierte Fred weiter, »warum plötzlich Französisch? Mit Englisch hat Otto schon gespielt, aber da hat er uns auch ausdrücklich drauf hingewiesen.«

Anna runzelte die Stirn. Richtig, bei der Skytale. Auf dem Papierstreifen hatte hinten draufgestanden: *Für einen Engländer ist das eine Himmelserzählung.*

»Ähm. Darf ich mal?« Damit drehte sie das Buchstabenquadrat um. Auf der Rückseite standen mit Bleistift die Worte: *Spiel anständig, Engländer!*

»Immer auch die Rückseite angucken!«, sagte sie strahlend. »Das hast du uns doch mal beigebracht, Fred! Erinnerst du dich?«

»Schon wieder was mit Englisch!«, murmelte er nur. »Hm.«

Ein kleines Gefühl von Enttäuschung schwappte in Anna hoch, aber dann machte sie sich klar, dass sie ja wohl kaum auf ein Lob von ihrem kleinen Bruder aus war.

»Potzblitz!«, sagte Opa Drechsler und hob einen Daumen. »Gut, Anna! Damit kommen wir weiter.«

»Ja, echt cool«, sagte Fred und blickte kurz auf. »Spiel anständig auf Englisch heißt was?«

»Play fair«, antwortete Opa Drechsler.

»Könnte das hier ein Spiel sein?«, fragte Anna.

»Jedenfalls keins, das ich kenne«, murmelte der Alte. »Play fair, play fair …« Er starrte plötzlich zur Decke und begann mit dem Finger zu schnipsen. Anna folgte seinem Blick, doch die Holzdecke des Kreuzgangs war so gewöhnlich, wie sie nur sein konnte. Er schnipste immer heftiger. Sein Blick verschleierte sich irgendwie, fand Anna.

»Opa Drechsler, bei dir alles in O…«

»Warte«, flüsterte Fred. »Er hat's gleich.« Eine halbe Minute verstrich.

»Lyon Playfair!«, rief Opa Drechsler auf einmal und lachte. »Charles Wheatstone! Die Playfair-Chiffre! Ein Buch darüber habe ich am Freitag erst katalogisiert.« Er grabbelte an seinem Bart. »Oder war es Donnerstag?« Als er sah, wie die Kinder ihn feixend anblickten, fügte er schnell hinzu: »Egal. Knifflige Sache, diese Playfair-Chiffre. So knifflig, dass sie sogar noch im Ersten Weltkrieg von den Geheimdiensten verwendet wurde. Ein Code, der auf einem Buchstabenquadrat basiert. Auf jeden Fall die richtige Spur! Aber fragt mich jetzt nicht, wie er genau funktioniert. Das habe ich wirklich nur überflogen.«

»Klar, bei den vielen Büchern in Ottos Museumsbibliothek«, sagte Fred.

»Bildung besteht sowieso nur darin zu wissen, was man nachschlagen muss und wo«, sagte Anna. »Habe ich mal gelesen.« Sie grinste. »Ich weiß bloß nicht mehr, wo.«

Das Motiv

Als sie wenig später vor Mr Chapels Antiquariat standen, war es geschlossen.

»Komisch«, meinte Anna, »Es ist doch erst halb vier. Ob er immer so früh Feierabend macht? Ihm wird doch nichts passiert sein?« Sie versuchte durch die milchige Scheibe zu blicken. Aber Fred hatte eine bessere Idee. Ihm war auf dem Weg hierher ein Internetcafé aufgefallen. Also beschlossen sie, dort ihr Glück zu versuchen. Obwohl Anna zunächst etwas zögerte.

»Keine Sorge«, beschwichtigte Opa Drechsler. »Mr Chapel hat seinen eigenen Rhythmus. Und als Kunden wird er uns ja deshalb auch nicht verlieren. Ich glaube, in dieser Beziehung hat er ohnehin unrecht. Man kann das Internet nutzen und trotzdem den Büchern treu bleiben.«

Sie suchten im Netz zunächst nach der Playfair-Chiffre und fanden auch gleich einen brauchbaren Lexikonartikel. Den druckten sie sich aus und forschten nun nach dem Rubin des Schwarzen Prinzen. Sie fanden zwar nichts, was annähernd so ausführlich wie Mr Chapels Juwelenbuch war, stießen aber trotzdem nach einiger Zeit auf die Information, die sie brauchte.

»Potzblitz«, sagte Opa Drechsler. »Tatsächlich! Es ist überhaupt kein Rubin, sondern ein roter *Spinell*! Das ist zwar auch ein wertvoller Schmuckstein, gerade in dieser Größe. Aber doch lange nicht so edel, wie es ein entsprechender Rubin wäre. Erst um das Jahr 1800 herum hat man das festgestellt.«

»Wow«, sagte Anna. »Das heißt, diese Verrückte ist am Ende vielleicht gar nicht so verrückt!«

»Welche?«, fragte Fred.

»Na ja, beide. Wenn an der Geschichte der alten Isabel tatsächlich etwas dran ist und der Rubin damals von diesem Maurenkönig …«

»Abu Said.«

»Richtig. Wenn der den Rubin gegen diesen Spinell vertauscht hat, könnte Elisa dann nicht wirklich herausgefunden haben, wo er den echten Stein versteckt hat?«

»Wisst ihr noch: ›Wo Sie ihn für mich hinterlegen sollen!‹«, rief Fred.

»Was?«

»Das stand doch in dem Brief an O…« Fred verstummte plötzlich, schloss die Augen und hob den Kopf in verschiedene Richtungen. Anna kam es vor, als würde er schnuppern. »Nicht hier«, wisperte er und sah sich jetzt vielsagend um. »Kommt schnell!«

Anna und Opa Drechsler blickten sich an. Anna tippte sich mit dem Zeigefinger an die Schläfe. Der Alte machte eine beschwichtigende Geste, stand auf und folgte dem hinauseilenden Fred. In der Tür warf er einem blinden Bettler eine Münze in die Dose. Achselzuckend schlurfte Anna hinter den beiden her. Doch der Bettler hielt sie auf, indem er ihr seine Blechbüchse direkt ins Gesicht streckte und etwas Spanisches brabbelte.

Sie hob bedauernd die Hände und kratzte ein paar englische Wörter zusammen: »*Sorry! I have no money.*«

»*Again?*«, brummelte der Bettler hinter seiner großen Blindenbrille hervor, strich sich über den schwarzen Bart und ertastete sich dann den Weg ins Internetcafé.

Sie fanden ganz in der Nähe wieder die Bank von gestern, unter der Platane auf der Plaza Trinidad. Nachdem sie sich gesetzt hatten, spähte Fred noch mal misstrauisch umher.

»Der Brief!«, sagte er dann eindringlich. »Der Brief von Capilla. Da stand doch drin: ›Wo Sie ihn für mich hinterlegen sollen!‹ Wir waren so schockiert darüber, dass Otto der M… dass der Verdacht durch den Brief auf Otto fiel. Deshalb haben wir uns gar nicht überlegt, wer oder was dieser *er* ist, den Capilla vom Grafen haben wollte.«

»Gib noch mal her«, sagte Anna und Fred holte den Brief aus dem Rucksack. Sie überflog die Zeilen, Opa Drechsler schaute ihr über die Schulter.

»Er redet vom Rubin«, sagte Anna tonlos und ließ das Blatt sinken. »Sie haben ihn damals tatsächlich gefunden! Es ist alles wahr.«

»Wenn das kein Mordmotiv ist«, flüsterte Opa Drechsler.

»Für wen auch immer!«, fügte Fred hinzu.

»Für wen auch immer?« Anna musterte ihren Bruder

durch zusammengekniffene Augen. »Der Graf hatte den Stein!«

»Das muss nichts heißen«, beharrte Fred, wenn auch etwas kleinlaut.

»Na, von mir aus. Aber ich frage mich, ob er ihn dann diesem Capilla überlassen hat.«

»Das werden wir schon noch herausfinden«, schloss Opa Drechsler das Thema, indem er nach der Playfair-Anleitung griff.

Paarweise

Opa Drechsler las die Anleitung aufmerksam durch, murmelte dann und wann etwas eher Unverständliches und nickte schließlich wissend.

»Aaalso«, hob er an. »Wie uns als Experten natürlich bekannt ist, besteht eine Geheimschrift immer aus zwei Teilen: erstens dem Geheimtext. Um aus diesem den Klartext zu machen, braucht man – zweitens – den Schlüssel, den normalerweise der Absender und der Empfänger besitzen und gut verstecken. Beim Playfair ist der Schlüssel dieses Buchstabenquadrat.«

»Das versteh ich nicht«, sagte Fred. Anna sah ihn überrascht an.

»Wie?«, raunte sie spitzbübisch. »Das habe ja jetzt sogar ich verstanden.«

Er winkte ab. »Nein. Ich meine, ich frage mich, wieso

Otto uns das Quadrat gibt, also den Schlüssel, aber überhaupt keinen Code zum Entschlüsseln.«

»Ach so.« Anna runzelte die Stirn. »Das stimmt natürlich.«

»Hm ja«, machte Opa Drechsler.

»Okay, wir haben also dieses Quadrat als Schlüssel, aber keinen Code«, sagte Anna.

»Wie sieht so ein Playfair-Code denn aus?«, fragte Fred.

»Er besteht aus Buchstabenpaaren.«

 Buchstabenpaare. Aha, soso. Fällt dir da nicht etwas ein?

»Buchstabenpaare«, wiederholte Fred leise. Dann hellte sich sein Blick auf. »Natürlich, die haben wir doch! Na also. Und wie funktioniert jetzt das Entschlüsseln?«

»Haben wir die?«, fragte Opa Drechsler. Anna war beruhigt, dass er auch nicht wusste, was Fred meinte.

»Klar haben wir die«, antwortete Fred. »Sieben Stück!«

Jetzt wusste Anna Bescheid: »Die Kerzen! Ihre Positionen auf dem Opfertisch waren Buchstabenpaare! Mist, kriegen wir die jetzt noch alle zusammen oder müssen wir noch mal zurück zum Kloster?«

»Also das erste war BG, das weiß ich noch«, sagte Fred. »Und dann kam A… Hm. Vielleicht, wenn ich es aufzeichne …«

»Gar nicht nötig«, unterbrach Opa Drechsler und zückte sein Handy. »Diesen herrlichen Kerzentisch wollte ich für mein Kuriositätenalbum haben. Hab ihn fotografiert, während ihr die Bodenfliesen im Kreuzgang untersucht habt.« Er klickte auf dem Handy hin und her. »Ah, hier ist er. Bisschen dunkel vielleicht.«

»Super. Man erkennt die Buchstaben, das reicht völlig«, sagte Anna. »Also, die erste Kerze war hier: BG. Stimmt. Die zweite hier: AJ.«

Kurz darauf hatten sie alle sieben Kerzenpositionen von links nach rechts notiert.

»Jedes dieser Codepaare für sich wird jetzt in ein Klartextpaar entschlüsselt«, erklärte Opa Drechsler. »Und zwar sucht man erst einmal die beiden Geheimbuchstaben in dem Quadrat auf. Hier sind die ersten, B und G. Jetzt ziehen wir in Gedanken durch jeden der beiden eine senkrechte und eine waagerechte Linie. Wo die Linien sich schneiden, befinden sich die Klartextbuchstaben. Klar?« Er blickte erwartungsvoll auf.

»Nja«, hüstelte Anna.

»Wenn ich es richtig verstanden habe«, sagte Fred, »könnte man auch sagen, wir suchen jeweils pro Buchstabenpaar das bestimmte Rechteck, von dem die Geheimbuchstaben zwei der vier Eckpunkte bilden. Die anderen beiden Eckpunkte sind dann der Geheimtext. In diesem Fall wäre es das Rechteck zwischen den Buchstaben G, U, T und B. Also: B und G – Code. U und T – Klartext. Korrekt?«

»Hätte ich nicht besser ausdrücken können«, sagte der Alte. »Nur eins noch: Die Reihenfolge ist natürlich wichtig. Man muss vom ersten Geheimbuchstaben aus, hier also

vom B, im Uhrzeigersinn lesen. Demnach wären die Klarbuchstaben nicht UT, sondern TU.«

Fred notierte.

Anna nahm ihm derweil das Buchstabenquadrat ab. »Jetzt lasst mich mal, ich hab's kapiert. Welches Paar kommt als Nächstes? AJ? Das ergibt ein Quadrat, das bloß aus den vier Eckbuchstaben besteht. Dann wären die zwei anderen Ecken dieses Quadrats – von A aus im Uhrzeigersinn gelesen – R und M! Korrekt?« Fred nickte.

Opa Drechsler sagte: »TU und RM scheinen mir auch auffallend gut zusammenzupassen. Bin mal gespannt, um welchen *Turm* es geht …«

Hast du dir die restlichen Buchstabenpaare schon vom Kerzentisch geholt? Dann kannst du jetzt diesen schwierigen Playfair knacken und dann den fraglichen Turm auf der Karte suchen. Denk daran, dass auch dort wieder Morsezeichen versteckt sein können.

»Hallo, Mr Chapel!«, rief Anna plötzlich und winkte. Die beiden anderen folgten ihrem Blick. In einiger Entfernung verschwand ein Mann um eine Ecke, ohne sich umzudrehen.

»Das war er nicht«, sagte Fred bündig und widmete sich wieder dem Playfair-Quadrat.

»Ein bisschen Ähnlichkeit hatte er schon«, sagte Opa Drechsler, »aber er kann es nicht gewesen sein. Hast du gesehen, wie schnell der marschiert ist?«

»Stimmt«, gab Anna zu. »War er wohl doch nicht.«

»Du magst ihn, Mr Chapel, hm?«

»Nur nicht eifersüchtig werden«, antwortete Anna und wuschelte dem Alten frech über den Kopf. »Deinen Platz in meinem Herzen macht dir keiner streitig. Bist du schon weitergekommen, Fred?«

Doch Fred hatte von dem Quadrat abgelassen und blickte glasig ins Nichts.

»Pfeifenrauch«, sagte er.

Arbeitslos

Laut Freds Lösung der Playfair-Chiffre lag ihr nächstes Ziel wieder im geschlossenen Bereich der Alhambra. Fred sah auf die Uhr.

»Kurz vor fünf. Meint ihr, Inigo schleust uns nach Torschluss wieder ein oder hat er nach der Nummer von heute Vormittag womöglich die Schnauze voll?«

»Wir werden sehen«, sagte Opa Drechsler und griff nach seinem Handy.

Anna streckte ihre Hand hin und zwinkerte ihm zu. »Lass mich mit ihm reden.«

Sie wählte die eingespeicherte Nummer an, schenkte Fred ein flüchtiges Lächeln und schlenderte außer Hörweite, während das Freizeichen erklang. Fred tippte Opa Drechsler auf die Schulter, der Anna amüsiert nachblickte.

»Sag mal, jetzt fällt es aber langsam auf. Habe ich irgendwas nicht mitbekommen? Weißt du etwas, das ich nicht weiß? Ich dachte, sie kann Inigo nicht besonders gut leiden.«

Der Alte lehnte sich auf der Parkbank zurück und legte Fred den Arm um die Schulter.

»Lass dir eines von einem alten Mann gesagt sein, mein Junge. Wenn du sämtliche Rätsel der Welt gelöst hast, auch die kompliziertesten und allervertracktesten: Die Frauen wirst du dadurch keinen Deut besser verstehen. Aber das ist gut, denn so bleibt dir nichts anderes übrig, als sie zu lieben.« Damit verfiel er in sein glucksiges Kichern und drückte Fred an sich. Während der noch darüber nachdachte, was das bedeuten sollte, horchten sie beide auf einmal auf.

Irgendetwas stimmte da nicht. Anna wurde lauter und fuchtelte beim Telefonieren aufgeregt mit den Händen. Sie konnten von hier aus nicht verstehen, was sie sagte, aber ein Streit war es anscheinend nicht. Anna schien eher erschrocken und besorgt. Sie redete noch eine Weile weiter und ihre Stimme wurde dabei ruhiger, dann legte sie auf und kam langsam zu ihnen zurück. Sie ließ sich neben Fred auf die Bank plumpsen und stöhnte leise, sagte aber kein Wort. Sie blinzelte nur in die Sonne, die durch das Laubwerk der Parkbäume glitzerte, dann stöhnte sie noch einmal.

»Willst du drüber reden?«, fragte Fred weltmännisch. Diesen Satz hatte er aus einem Film.

»Inigo wird uns nicht einschleusen«, antwortete Anna langsam. »Weder heute noch morgen, noch sonst wann. Er hat unseretwegen seinen Job verloren.«

Die drei hatten sich auf den Heimweg gemacht, weil ihnen nichts Besseres einfiel, und Anna hatte unterwegs berichtet, was nach ihrer Flucht auf der Alhambra vorgefallen war, so wie sie es von Inigo gehört hatte.

Er war zurück an die Arbeit gegangen und eine Weile schien alles in Ordnung. Doch dann war Cascarrabia aufgetaucht. Rein zufällig kam er vorbei, er unterhielt sich gerade mit einem anderen Mitarbeiter, einem Restaurator. Inigo beschäftigte sich schnell mit einer der besonders düsteren Ecken des Raumes und drehte ihm den Rücken zu. Doch vergebens: Zum ersten Mal, seit Inigo dort arbeitete, erkannte sein Chef ihn auf Anhieb wieder.

»Duuuu!«, schrie er (natürlich auf Spanisch) und hechtete auf ihn zu. »Du hast heute Morgen Feuer gelegt! Du Brandstifter!«

Anna hielt in ihrem Bericht inne und schüttelte müde lächelnd den Kopf.

»Inigo muss das absurdeste Zeug erzählt haben, um sich da rauszuwinden, aber vergebens. Cascarrabia hat ihn rausgeschmissen. Fristlos!«

»Scheiße«, sagte Fred und blickte im Weitergehen verstohlen zu Opa Drechsler hinüber, doch der schien in diesem Fall mit seiner Wortwahl einverstanden.

»Und was macht Inigo jetzt?«, fragte er.

»Er sagt, das sei nicht so schlimm. Der Job hätte eh nur noch drei Wochen gedauert, dann geht die Schule wieder los. Und in einer Stadt mit Tourismus könne er leicht noch eine neue Arbeit finden.«

»Er braucht das Geld, stimmt's?«, sagte Fred.

»Glaub schon. Aber das Problem ist wohl was anderes. Ich glaube, er weiß nicht, wie er das seiner Mutter erklären soll.«

Fred nickte nur wissend und Opa Drechsler sagte: »Na, *das* Problem kennen wir.«

»Er wollte nicht weiter darauf eingehen«, fuhr Anna fort. »Stattdessen hat er immer wieder davon angefangen, wie schlimm das jetzt für *uns* wäre! Weil er uns jetzt nicht mehr helfen kann.«

Fred und Anna blickten sich einen Moment in die Augen.

»Der Typ ist echt in Ordnung«, murmelte Fred und schaute wieder zu Boden. Ebenso Anna. Ein gutes Stück gingen sie schweigend weiter. Dann, kurz bevor sie bei ihrem Haus ankamen, blieb Anna stehen.

»Okay. Nummer eins: Opa Drechsler, du rufst sofort bei der Alhambra an und fragst, ob sie noch Karten für morgen haben. Vielleicht haben wir diesmal Glück. Nummer zwei: Fred, du findest heraus, was wir im *Turm der Königin* finden müssen, bestimmt gibt es wieder einen Morse-Hinweis auf der Karte. Wir haben morgen noch einen ganzen Tag, Leute. Und ich glaube, die Lösung ist nicht mehr weit. Wir kriegen das hin.«

»Und du?«, fragte Fred.

»Ich gehe jetzt zu Inigo nach Hause und erkläre alles seiner Mutter vom Niederrhein. So *dirrekt*, wie sie und ich angeblich sind, da wird sie schon auf mich hören.« Damit stiefelte sie schwungvoll von dannen.

»Wo sie wohl bleibt?«, sagte Opa Drechsler und blickte von seinem Buch auf.

»Keine Ahnung«, antwortete Fred. Er sah sich kurz um. Es war mittlerweile dunkel. Direkt auf Höhe des Terrassengeländers zeichnete sich in einiger Entfernung die geheimnisvoll angestrahlte Alhambra gegen den Nachthimmel ab. Auf dem Tisch lagen die drei Eintrittskarten für morgen Mittag, die sie vorhin noch hatten ergattern können. Fred hatte keine Ahnung, wie viel Uhr es war. Er dachte nach. Zumindest versuchte er es. Aber die verworrenen Gedankenfetzen, die er auf die Reihe kriegen wollte, ließen sich nicht so schön methodisch betrachten wie ein Rätsel auf einem Stück Papier, das man vor sich hinlegen und anstarren konnte.

Die Morsezeichen in den Dachziegeln vom Turm der Königin hatte er längst entschlüsselt. Sie lauteten: FRIESE. Opa Drechsler hatte die Vermutung geäußert, dass es da wohl nicht um *Der Friese* in der Einzahl, sondern um *Die Friese* ging. Also um den Begriff *Fries* aus der Architektur. Ein gemusterter Streifen, der verschiedenartige

Flächen voneinander abgrenzt. Das klang plausibel, und damit wussten sie, wonach sie morgen auf der Alhambra suchen mussten.

Aber dann war Fred langweilig geworden, und er hatte begonnen, nach weiteren verborgenen Morsecodes auf der Karte zu suchen. Vielleicht war ja bei jedem der besonders hervorgehobenen Gebäude ein Code versteckt? Obwohl es sicher nicht so viele Rätsel gab. So nahe, wie sie der Lösung jetzt schon waren, konnten es ja höchstens noch ein oder zwei Rätsel sein. Er ließ von der Idee ab, denn er konnte sich ohnehin nicht konzentrieren.

Sah er wirklich Gespenster, wie die anderen glaubten? Der Bärtige und das zufällige Stolpern der lila Frau, die ihnen in der Kathedrale beinahe die Tour vermasselt hätte. Der Inder mit dem grünen Turban und das plötzliche Feuer, das ihnen im Saal der Abencerrajes die Flucht ermöglicht hatte. Immer diese große Sonnenbrille und dieser spezielle Geruch, auch in dem Internetcafé. Der schwache Geruch nach Pfeifenrauch, von dem er auch jetzt noch nicht wusste, woher er ihn kannte. Waren das tatsächlich alles zufällige Eindrücke, die nur in seinem Kopf zusammenhingen? Hirngespinste, die sich in ihm aufbauschten, weil er jedes Mal so aufgeregt gewesen war?

»Das ist ja ein Ding!«, sagte Opa Drechsler plötzlich.

»Was denn?«

Er hob sein Buch hoch, sodass Fred den Titel lesen konnte: *Washington Irving: Erzählungen von der Alhambra*. Es war das Buch, in das Graf Otto das Foto und den Zeitungsausschnitt gelegt hatte.

»Ich habe es mitgenommen, weil ich dachte, ein bisschen Hintergrundwissen kann nicht schaden.« Der Alte blätterte kurz. »Hier steht dasselbe drin, was uns Inigo beim Turm der Justiz erzählen wollte. Die Märchengeschichte von dem Schlüssel und der Hand über den beiden Torbögen. Wenn sie eines Tages zusammenkommen, dann passiert etwas. Inigo kam leider nicht mehr dazu, es uns zu erzählen.« Der Alte hielt inne und erwiderte Freds Lächeln. Sie erinnerten sich beide daran, wie Anna dem armen Inigo über den Mund gefahren war. »Na, jedenfalls: Weißt du, was dann angeblich passiert? Der Maurenscha…«

»Hey! Ihr seid noch wach? Dann kann ich ja nicht so spät dran sein«, polterte Anna und ließ sich auf einen der Stühle fallen.

»Spät genug, um sich ein paar Sorgen zu machen, ist es schon«, sagte Opa Drechsler mit leicht vorwurfsvollem Unterton. »Du hättest anrufen können!«

»Entschuldige, da habe ich gar nicht dran gedacht.«

»Bist du jetzt ganz allein durch die Nacht spaziert?«

»Nein, nein. Das hätten Inigos Eltern nicht zugelassen. Er hat mich begleitet.«

»Wie war es denn bei ihnen?«, fragte Fred. »Was hat seine Mutter dazu gesagt, dass wir ihn arbeitslos gemacht haben?«

»Sie hat gesagt, dass ich zum Abendessen bleiben muss. Es war gar kein Problem. Die ist klasse, die Frau. Und der Vater … Mann, kann der Mann kochen!«

Opa Drechsler lächelte. »Da bin ich jetzt fast ein bisschen neidisch.«

»Was die in den Restaurants in der Stadt als spanische Spezialitäten anbieten, kannst du dagegen vergessen!« Anna lehnte sich zurück und geriet ins Schwärmen. »Ich weiß nicht, was das alles ist, was die hier aus dem Meer fischen, und womit er es gewürzt hat. Es hat auch erst mal überhaupt nicht lecker ausgesehen! Aber dann habe ich mir ein Herz gefasst und es in den Mund gesteckt … Ach! Nach dem Essen kam noch dieser Freund herüber, Diego. Sie haben Musik gemacht. Inigo spielt Flamencogitarre! Das war …« Sie seufzte.

Opa Drechsler lehnte sich jetzt ebenfalls zurück und betrachtete die Sterne. Er machte ein summendes Geräusch. Dann sagte er leise: »Großartig. Du bist so jung, Anna. Und kennst jetzt schon den Unterschied zwischen Urlaub machen und … reisen. Manche ergründen den nie.« Er sah auf die Uhr und wechselte den Tonfall. »So, aber jetzt ab ins Bett, wir haben morgen einiges vor.«

Viernes

ᒪOՈᗩᗅ ᒋⴸ>, ⴸ⅃ⴸ ⊃ᒋᒋ ᆿ⅃ⴸⴸᒋᗅᒋ>, ⴸ⅃ᗅՈᒋᗅᗅ⊃ ⊃< ⅃ᗅ⊃ᗅ‑
ᒋᗅ ⊃ᒋ> ⅃ᗅ⊃ᗅᒋᗅᗅ ᆿᒪ⅃ᗅᗅᗅᗅ Uᗅⴸ⅃Ո⅃ᗅ⊂>ᒋᆿ> Uᒋⴸ>.

John Lennon

Nachti-Nacht

Anna besaß normalerweise einen gesegneten Schlaf, der Mama regelmäßig dazu veranlasste, sie als *Schnarchnase* zu bezeichnen. Doch in dieser Nacht wälzte sie sich in einem unruhigen Dämmerzustand hin und her. Wie sollte man auch einschlafen bei dem Zinnober, den Fred im Zimmer veranstaltete?

Zuerst hatte er unter seiner Bettdecke eine Ewigkeit mit der Taschenlampe herumgefuhrwerkt, mit Papieren geraschelt und vor sich hin gemurmelt, schließlich geflucht und etwas auf den Boden geschmissen. Endgültig wach wurde Anna aber erst jetzt, als sie hörte, wie er leise mit Opa Drechslers Handy telefonierte. Er gab sich zwar alle Mühe, leise zu sein, doch in der Stille der Nacht konnte Anna sogar Udos Stimme am anderen Ende erkennen.

»Ja, ich weiß, wie spät es ist«, flüsterte Fred, »tut mir echt leid. Aber ich muss dich unbedingt etwas fragen.« … »Ja, jetzt. Es ist wichtig.« … »Danke. Ist auch nur eine einzige Frage. Aber versprich mir, dass du ehrlich antwortest. Kein Versteckspiel, okay?« … »Versprich es!« … »Hast du uns geholfen?« … »Ich meine, heimlich aus der Patsche geholfen, wie auf Schloss Finkenstein. Aber diesmal in Verkleidung. Warst du das?« … »Und du rauchst auch nicht heimlich Pfeife?« … »Ob ich?! Nein, ich bin nicht verr… Hallo? Udo? Bist du noch dran?«

In dem Streifen Mondlicht, der zwischen den bunt bedruckten Vorhängen hindurchdrang, konnte Anna deutlich die Silhouette ihres kleinen Bruders erkennen, der jetzt wie ein Häufchen Elend auf seinem Bett saß. Sie setzte sich ebenfalls auf. Wahrscheinlich hätte sie ohnehin schlecht geschlafen, ihr ging ja selbst so einiges im Kopf herum.

»Ich habe ihn heute auch gesehen«, flüsterte sie. Fred hob den Kopf.

»Wen?«

»Dein Phantom mit der großen Brille. Und dem Bart.«

»Dann glaubst du mir also doch?« Anna überlegte.

»Nein«, sagte sie dann. »Es war bloß irgendein Bettler. Er kam mir nur wegen deiner Geschichten plötzlich verdächtig vor, verstehst du? Man steigert sich schnell in irgendwas rein, wenn man Fantasie hat.«

»Hm.« Fred klang nicht sonderlich überzeugt.

»Oder glaubst du, Graf Ottos Geist geht wieder um?«

Fred schwieg.

»Was hast du vorhin unter der Decke gemacht?«, fragte Anna.

»Einen versteckten Morsehinweis von der Karte entschlüsselt. Ich dachte, beim *Turm der Vela* wäre ein Code. Aber den habe ich mir wohl auch eingebildet.«

»Wieso, was kam raus?«

»KEMNELEMCHE.«

Anna kicherte. »Versuch jetzt zu schlafen. Du weißt, wir fliegen am Samstag.« Sie blickte kurz auf das rot schimmernde Display des Weckers. Es zeigte 0:37 Uhr. »Und das ist schon morgen! Heute ist unser letzter Tag. Wenn wir es heute nicht schaffen, die Rätselspur zu Ende zu verfolgen, werden wir nie erfahren, warum unser alter Graf …« Sie legte sich wieder hin und zog die Decke zurecht, ohne den Satz zu beenden.

Freds Bettzeug raschelte ebenfalls.»Glaubst du wirklich, er hat es getan?«

»Ich weiß es nicht. Schlaf jetzt!«

Ein paar Minuten war Ruhe, dann kam es leise von drüben: »Anna? Schläfst du schon?«

»Ja.«

»Magst du Inigo jetzt?«

Anna lächelte still vor sich hin.

»Er ist ein Vollidiot«, sagte sie. »Nachti.«

»Nacht.«

Beinah!

»Es wäre mir wesentlich wohler, wenn ihr nicht die ganze Zeit so betont unauffällig tun würdet«, raunte Opa Drechsler. »Da wird ja selbst der größte Depp noch stutzig. Und ich glaube nicht, dass dieser Cascarrabia einer ist. Schau nicht ständig nach oben, Anna! Und du hör auf zu pfeifen, Derfred!«

Sie standen in der Schlange vorm Eingang zum Nasridenpalast. Erst hier war ihnen bewusst geworden, wie gefährlich es werden konnte, wenn der Alhambra-Chef sie entdeckte. Er hatte Inigo wiedererkannt und ihn spornstreichs rausgeworfen. Was würde er mit *ihnen* machen, wenn er sie sah? Falls Otto nun doch nicht der Mörder war, was ja immerhin möglich war und was sie alle drei auch inständig hofften – in diesem Fall war Cascarrabia ihr Verdächtiger Nummer eins. Ein Mörder aus Habgier! Der spätestens nach dem Vorfall von gestern Lunte gerochen haben musste. Es war also entschieden besser, er bekam sie nicht zu Gesicht.

Drinnen brachten es die Kinder aber trotz Opa Drechslers Warnung nicht zuwege, sich gemächlich im Besucherstrom treiben zu lassen und interessiert umzuschauen. Stattdessen pirschte Anna voraus und linste vorsichtig um jede Säule, während Fred abwechselnd den Grundriss im Reiseführer studierte und sich ängstlich umdrehte. Als sie den Löwenhof betraten, fiel ihnen gleich ein rot-weiß gestreiftes Absperrband vor dem Saal der Abencerrajes ins Auge. Davor stand ein gelbes Schild.

»Was heißt das da?«, fragte Fred.

»*Obras de construcción*«, las Opa Drechsler, »das heißt Bauarbeiten.« Fred sah ihn erschrocken an. »Mach dir nichts draus«, sagte der Alte, »du hast nicht die Alhambra verwüstet. Die Stelle war sicher schon lange baufällig, da wollten sie bestimmt sowieso renovieren. Du hast ihnen nur den Anlass geliefert. Oh, verdammt!«

Sie waren im Reden weitergegangen und Opa Drechsler war, völlig abgelenkt, einfach vor den Eingang des abgesperrten Saals spaziert. Eine Schrecksekunde lang glotzte er Cascarrabia an, der drinnen zwischen einigen Arbeitern stand und Befehle belferte. Zum Glück stand er mit dem Rücken zu ihnen. Anna zog den Alten schnell am Ärmel zur Seite. Ohne den Alhambra-Chef aus den Augen zu lassen, schlichen sie sich von ihm weg, Richtung Saal der zwei Schwestern auf der gegenüberliegenden Seite des Hofs. Dort wären sie außer Sicht und es war nicht mehr weit zum Turm der Königin. Cascarrabia trieb unterdessen weiter seine Angestellten an, deutete hierhin und dorthin, und aus der Bewegung heraus drehte er sich in ihre Richtung. Er hielt inne und kniff die Augen zusammen. Einer der Arbeiter sprach ihn jetzt an, er wandte sich ihm zu und gab irgendeine Antwort. Auf einmal veränderte sich sein Gesichtsausdruck und er wirbelte wieder zurück. Jetzt hatte er sie erkannt!

»¡*Borges, Lorca, Márquez, Allende! ¡Prended a ellos!*«, schrie er und zeigte mit dem Finger auf sie. Anna sah mit Entsetzen, wie vier breitschultrige Männer in blauen Uniformen aus verschiedenen Richtungen auf sie zugerannt kamen. Sie schlüpften schnell in den Saal der zwei Schwestern, wussten dann aber nicht, wohin.

Da raunte eine vertraute Stimme: »Kommt hier ruber, schnell!«

Es war der alte Mr Chapel, der in einer dunklen Ecke stand und sie zu sich winkte. Ohne zu zögern, bugsierte er sie alle drei in die düstere Nische hinter sich und rief Sekunden später den hereinpreschenden Männern lautstark etwas auf Spanisch zu, wobei er auf einen der Durchgänge deutete. Und tatsächlich rannten die Kerle dort hinaus!

»Puh, das war knapp«, ächzte Opa Drechsler und rappelte sich in der engen Nische auf.

»Wow, Mr Chapel«, sagte Anna, »das war aber wirklich

nett von Ihnen … und so verwegen! Tausend Dank! Überhaupt, was für ein Zufall, Sie hier zu treffen.«

»War mir ein Vergnugen«, lächelte der kleine Antiquar. »Und es war kein so großer Zufall. Ich komme schon seit langer Zeit fast jeden Tag hier herauf. Heute kann ich endlich einmal sagen, es war fur einen guten Zweck. Oder war es nicht?«

»Ja wissen Sie, wir haben …«

»Ach, ihr musst mir nicht verraten, was ihr angestellt habt. Ich kenne diesen Cascarrabia. Da braucht es nicht viel, der ist ein Blockkopf.«

»Da kommt er übrigens!«, sagte Fred tonlos und zeigte Richtung Löwenhof, von wo aus Cascarrabia langsam näher kam.

»Ja, die Oper ist nicht vorbei, bevor die dicke Lady gesungen hat«, murmelte Chapel. »Verschwindet am besten da entlang.« Er wies links auf einen anderen Durchgang. »Ich lenke den Kerl ein bisschen ab. Na los, geht schon!« Damit tippte er sich zum Gruß kurz mit seinem Spazier-

stock an die Schläfe und zockelte Cascarrabia entgegen. Die drei machten, dass sie wegkamen.

Das Gemach der Königin war ein lichtdurchfluteter, quadratischer Raum, der nach drei Seiten offene Fensterbögen hatte, die einen grandiosen Ausblick auf den Sacromonte boten. Aber nicht einmal Fred hatte jetzt einen Blick dafür. An der rechten und linken Wand entdeckten sie nämlich zwei schmale Friese direkt in Schulterhöhe zwischen den Fenstern. Diese trennten jeweils ein kompliziertes Kachelmuster von den prachtvollen Steinmetzarbeiten, die sich darüber befanden. Die Friese selbst zeigten eine Reihe von abstrakten Symbolen, die auf den ersten Blick zwischen all den anderen Verzierungen nicht auffielen. Doch es waren je an die dreißig deutlich voneinander unterscheidbare Zeichen in unregelmäßiger Abfolge!

»Ja, was riechen denn da unsere Kryptologennasen?!«, sagte Anna fröhlich. »Wenn das keine Geheimschr…«

Weiter kam sie nicht.

Verhör

Schneller, als man *Erwischt!* sagen kann, schoben sich drei der hünenhaften Wachmänner in den Raum und legten jedem von ihnen eine schwere Pranke auf die Schulter. Der vierte blieb breitbeinig in der Tür stehen. An Flucht war nicht zu denken.

Opa Drechsler kam als Erster wieder zu sich und er handelte ziemlich kaltblütig. Das dachte Anna jedenfalls hinterher. In diesem Moment dachte sie eher so etwas wie: Jetzt flippt der Alte völlig aus. Zunächst lächelte er den jungen Mann süßlich an, der keine drei Zentimeter vor ihm stand und ihm ausdruckslos ins Gesicht blickte. Unterdessen griff er unauffällig in die Tasche und zog sein Handy hervor. Dann sah er dem Mann über die linke Schulter und machte plötzlich ein unglaublich erschrockenes Gesicht. Er hob ängstlich die freie Hand und zeigte auf die Wand. Anna konnte dort nichts Ungewöhnliches entdecken. Als der Wachmann sich umdrehte, trat der Alte ihm mit vollem Karacho gegen's Schienbein. Fred verzog mitfühlend das Gesicht, als er zusah, wie der Typ aufjaulte und auf einem Bein durch den Raum hüpfte. Nein, *sportlich* im engeren Sinn war das nicht gerade von Opa Drechsler und auch irgendwie nicht recht durchdacht, fand Anna. Denn die beiden anderen Männer drehten ihm jetzt ihre Gesichter zu, die zunächst nur verdutzt aussahen, aber dann ziemlich wütend! Doch genau diesen Moment ihres Zögerns nutzte Opa Drechsler, um in Windeseile die beiden Wände zu fotografieren und dann in einer fließenden Bewegung Anna das Handy zuzuwerfen. Das ging so schnell, dass sie es fast hätte fallen lassen. Doch sie erwischte es gerade noch und ließ es sofort in ihrer Hosentasche verschwinden, während die beiden Wachmänner sich auf den Alten stürzten und ihn zu Boden rissen. Es sah so aus, als wollten sie ihn windelweich prügeln, aber sie kamen zum Glück nicht dazu. Eine bellende Stimme erfüllte den Raum. Alle erstarrten.

Der Wachmann in der Tür, der die ganze Szene betrachtet hatte, ohne sich von der Stelle zu rühren, wich nun zur Seite und ließ den rotgesichtigen Cascarrabia durch.

Kurz darauf standen Anna, Fred und Opa Drechsler in Cascarrabias Büro. Es kam Fred vor wie ein Friedhof für Aktenordner. Die Dinger waren überall bis unter die Decke aufgereiht und offenbar nach einem hoch komplizierten System beschriftet. Einzig der kleine, halb vertrocknete Kaktus auf der Fensterbank und der wuchtige Schreibtisch aus dunklem Holz zeugten von der gelegentlichen Anwesenheit menschlichen Lebens in diesem Raum. Die Luft war stickig und roch nach kaltem Tabakrauch. Auf der riesigen Schreibtischfläche befanden sich ein Telefon, ein Locher, ein Aschenbecher, Zigaretten und ein Drehregister für Telefonnummern. Dahinter stand ein bequemer Ledersessel, davor ein karger Holzstuhl. Doch Cascarrabia dachte nicht im Traum daran, Opa Drechsler zum Hinsetzen aufzufordern, obwohl dieser von dem Handgemenge von vorhin einigermaßen lädiert aussah. Cascarrabia umrundete den Tisch, stützte sich mit beiden Händen auf die Kante und stierte die drei lange an. Urplötzlich ratterte er los!

Fred verstand natürlich genauso wenig wie Anna, die ihm von Zeit zu Zeit unsichere Blicke zuwarf. Eigentlich war Fred ganz froh, dass er nichts verstand, denn Opa Drechsler schien unter dem spanischen Wortschwall immer kleiner zu werden. Zwar versuchte er ab und zu, etwas Beschwichtigendes einzuwerfen, kam aber nicht dazwischen. Nach einigen Minuten hatte Cascarrabia dann anscheinend genug Dampf abgelassen, um sich in seinen

Sessel sacken zu lassen. Doch sein Blick blieb düster und undurchschaubar. Er begann, fahrig mit dem Drehregister zu hantieren. Wen wollte er anrufen? Etwa die Polizei? Annas Blick verriet Fred, dass sie das auch befürchtete.

Opa Drechsler nutzte die Pause, um in seinem Wörterbuch zu blättern und dann einen längeren und, wie es sich anhörte, wohlüberlegten Satz in die schwer lastende Stille zu flüstern. Der Satz endete mit den Worten *Señora Benazar*. Cascarrabia erstarrte, legte langsam den Telefonhörer wieder auf und krächzte: *Elisa Benazar?!* Opa Drechsler nickte. *Sí.* Das Gespräch ging jetzt in normalem Ton hin und her.

Plötzlich sah Cascarrabia Anna und Fred an. Sein Blick war eisig. Langsam zog er eine Schublade auf, holte einen schwarzen Gegenstand heraus und legte ihn mit einem leisen *Plock* vor sich auf den Schreibtisch. Fred wurde flau im Magen, als er erkannte, was es war. Er fühlte seine Knie wegsacken, dann spürte er, wie Anna ihn stützte. Aber auch sie war kreidebleich und hatte kleine Schweißperlen auf der Stirn.

Mit quälender Langsamkeit schob Cascarrabia die Schublade wieder zu, dann nahm er die Pistole vom Schreibtisch und wog sie bedächtig in der Hand. Während Anna und Fred sich aneinander festhielten und unwillkürlich immer weiter zurückwichen, bis sie die Aktenregale im Rücken spürten, machte Opa Drechsler einen forschen Schritt auf den Schreibtisch zu, knallte seine Handflächen darauf, beugte sich vor und schrie Cascarrabia in einer Lautstärke an, die dessen wütendes Gebell von vorhin noch um einiges übertraf. In diesem Moment hatte Fred nur einen einzigen, blödsinnigen Gedanken: Hoffentlich mache ich mir jetzt nicht in die Hose!

Was auch immer Opa Drechsler geschrien hatte, die Situation änderte sich dadurch schlagartig. Cascarrabia sah ihn beinahe ängstlich von unten an. Er fingerte nervös eine Zigarette aus der Schachtel und saß einen Moment lang nur da – in der einen Hand die Zigarette, in der anderen die kleine schwarze Pistole. Er steckte die Zigarette in den Mundwinkel, zielte mit der Pistole auf ihre Spitze und drückte ab. *Klick!* Fred und Anna sackten langsam an dem Aktenregal herunter und blieben in kompletter Erstarrung auf dem Boden sitzen. Als die Zigarette brannte, legte Cascarrabia das Feuerzeug wieder auf den Schreibtisch und sprach eine ganze Weile in fast flüsterndem Ton. Er schien etwas zu erzählen oder vielleicht
eher zu erklä-
ren, Fred

interessierte sich nicht mehr allzu sehr dafür, er war voll-
auf mit Atmen beschäftigt. Irgendwann stand Cascarrabia
dann auf, schob sie alle drei hinaus, bellte einem seiner
Wachleute etwas zu und ließ die Bürotür hinter ihnen ins
Schloss krachen.

Nun saßen sie draußen vor der Burg auf dem Rand eines
Brunnens, Fred rechts, Anna links, der Alte in der Mitte. Der Wachmann – es war derselbe, der im Turm der
Königin die Tür versperrt hatte – hatte sie recht unsanft
hinausbegleitet.

»Ist euch nicht gut?«, fragte Opa Drechsler nach einer
Weile. Er schien die Frage ernst zu meinen. Fred stierte
nur vor sich hin, wie schon die letzten zehn Minuten, er
war noch nicht wieder bereit für die Welt.

Anna sah den Alten mit großen Augen an. Doch dann
fing sie sich, schüttelte kurz den Kopf und sagte: »So.
Nummer eins: Was war das?! Du erzählst uns jetzt haar-
klein, was da drin abgelaufen ist!«

»Na klar, wollte ich doch sowieso gerade«, antwortete
Opa Drechsler. »Dass der Typ am Anfang nicht gerade zugänglich war, habt ihr sicher selber gemerkt. Er scheint einen regelrechten Hass auf Leute zu haben, die sich in *seiner*
Alhambra für mehr interessieren als das, was im Reiseführer
steht. Das hat er mir lautstark zu verstehen gegeben.«

»Danach wollte er die Polizei anrufen, richtig?«

»Sogar gleich den Polizeichef!«, antwortete Opa Drechsler. »Mit dem spielt er nämlich Golf. Er wollte uns richtig
Ärger machen!«

»Wie hast du ihn davon abgebracht?«, wollte Anna wissen.

»Ich habe ihn gefragt, ob er wegen des Mordfalles so empfindlich wäre. Wegen *Frau Benazar*. Das hat ihn aufhorchen lassen. Dann habe ich einfach mal weiter auf den Busch geklopft und gesagt, wir hätten Nachforschungen angestellt und Verschiedenes herausgefunden. Ich habe ihm erzählt, ihr beiden seid der Überzeugung, dass *er* der Mörder ist.«

»Du hast was?!« Anna konnte es nicht fassen. »Und wenn er uns auf der Stelle kaltblütig erschossen hätte?«

»Darauf konnte ich es ankommen lassen«, sagte Opa Drechsler und lächelte verschmitzt. »Zu viele Zeugen.«

Fred klappte den Mund auf und zu wie ein Fisch an Land. Und auch Anna fiel dazu nichts weiter ein, als die Augen bis zum Anschlag aufzureißen. Opa Drechsler sah verwundert von einem zum andern und hielt sich auf einmal erschrocken die Hand vor den Mund.

»Ach du liebe Zeit, Leute, das war ein Scherz! Ihr dachtet doch nicht wirklich, das war eine echte Pistole, was er da rausgeholt hat?!« Als er keine Antwort bekam, legte er beiden einen Arm um die Schulter und drückte sie fest an sich. »Klar«, murmelte er dann, »ihr wart ja viel weiter weg als ich. Und ihr habt natürlich noch nie eine gesehen. Das war mir nicht bewusst, entschuldigt bitte.«

»Schon gut«, flüsterte Anna. Von rechts kam ein rotzendes Geräusch und Fred wischte sich schnell mit dem Ärmel übers Gesicht. Opa Drechsler und Anna taten ihm den Gefallen und bemerkten es nicht.

»Ihr müsst ja tausend Tode gestorben sein, als ich ihn angeschrien habe.«

»Was hast du denn geschrien?«

»Ach, so was Ähnliches wie, dass ich die Faxen jetzt langsam dicke hätte. Er hätte damals der Polizei nicht die volle Wahrheit gesagt, das wüssten wir. Es hätte mit Sicherheit eine dritte Person gegeben, die er verschwiegen hat. Und entweder er rufe jetzt endlich seinen Polizeikumpel an, dann würden wir dem das eben vortragen und er würde sehen, was er davon hat, nämlich offiziellen Mordverdacht. Oder er solle endlich mit der Wahrheit rausrücken. Ehrlich gesagt war ich mir ziemlich sicher, dass der Typ harmlos ist. So viel Menschenkenntnis habe ich inzwischen. Der schreit rum und spielt sich auf, aber zu mehr fehlt ihm der Mumm. Und wie sich dann gezeigt hat, hatte ich recht: Er hat einfach ausgepackt.«

Anna und Fred beruhigten sich allmählich, während Opa Drechsler nun wiedergab, was Cascarrabia ihm gestanden hatte: Er hatte damals dieser Frau Benazar die Erlaubnis erteilt, auf der Burg ein bisschen zu forschen, obwohl er ihre Theorien für Humbug hielt. Solche Spinner kamen immer wieder in die Alhambra. Aber sie war eben sehr nett gewesen. Auch sehr gut aussehend, fügte er hüstelnd hinzu, und sie hatte ihn, nun ja, ein wenig bezirzt. Sollte sie doch nach ihrem Maurenschatz suchen, was konnte das schaden? Doch als dann ihr Begleiter, dieser spitzbärtige Deutsche, auftauchte, da bereute Cascarrabia es sofort. Der war ihm von Anfang an verdächtig vorgekommen, der fummelte ständig an den kostbaren Kunstschätzen herum.

Ganz sicher sei der auch nachts herumgeschlichen und habe Wer-weiß-was angestellt, Cascarrabia konnte ihn nur nie dabei erwischen.

Und dann der Mord! An dieser netten Frau! Auf *seiner* Alhambra! Und er hatte den Mörder praktisch selber hereingelassen! So erzählte er es damals auch der Polizei und der Presse. Und dann, viel später erst, war ihm wieder eingefallen, dass da tatsächlich öfters noch so ein anderer dabei gewesen war. Ein kleinerer, unauffälliger. An mehr konnte er sich bei diesem Mann aber beim besten Willen nicht erinnern. Er wollte sogar damit zur Polizei gehen, hatte es fest vorgehabt. Aber es kam ihm immer etwas dazwischen und irgendwann dachte er dann einfach nicht mehr daran.

»Und wenn ihr Rotznasen nun versuchen würdet, ihm nach vierzig Jahren daraus einen Strick zu drehen«, schloss Opa Drechsler, »dann sollt ihr aber mal sehen! Er würde uns des Landes verweisen lassen!« Der Alte zuckte die Achseln. »Sagt er. Leere Drohung.«

»Aber auf der Alhambra haben wir Hausverbot?«, fragte Anna in dem Ton, den man anschlägt, wenn man die Antwort eh schon weiß. Der Alte nickte. Fred auch. Die beiden andern sahen ihn an. Er lächelte schniefend.

»Hätte schlimmer kommen können«, sagte er.

Mit gemischten Gefühlen machten sich die drei auf den Weg zurück in die Stadt. Sie waren ungeschoren davongekommen, immerhin. Kein Mordanschlag auf sie, kein Ärger mit der Polizei, nichts, was sie Mama hätten erklären müssen. Das war gut. Doch jetzt durften sie sich auf der Alhambra nicht mehr blicken lassen. Das war schlecht. Außerdem waren sie alle davon überzeugt, dass Cascarrabia die Wahrheit gesagt hatte und nicht der Mörder war.

»Ist das gut oder schlecht?«, fragte Fred.

»Wir wissen mehr als vorher«, meinte Opa Drechsler.

»Tja«, überlegte Anna, »aber jetzt haben wir auch einen Verdächtigen weniger als vorher. Genauer gesagt haben wir nur noch einen, und der heißt Graf Otto von …«

»Halt!«, sagte Fred. »Nur weil wir jetzt wieder keine Idee haben, *wer* dieser A. C. sein könnte, heißt das noch lange nicht, dass er nicht *doch* der Mörder war. Und jetzt wissen wir sogar, dass er klein und unauffällig war!«

»Prima«, murrte Anna, »mit dieser Personenbeschreibung finden wir ihn bestimmt problemlos in den nächsten …« Sie schaute auf die Uhr und verzog das Gesicht. »In den nächsten 23 Stunden! Morgen um vier geht unser Flieger, vergiss das nicht. Und die einzige Chance, die wir haben, um ihn zu finden, ist die Rätselspur.«

»Eine gute Chance!«, rief Fred.

»Aber nur, wenn sie nicht wieder auf die Alhambra führt.«

»Hm.«

»Hören wir auf zu spekulieren und finden es einfach heraus! Dann sehen wir weiter.« Opa Drechsler patschte die Hände zusammen und beschleunigte seinen Schritt. »Auf zum nächsten Copyshop. Wir drucken die Fotos vom Handy aus und knacken die Geheimschrift der Friese!«

Freimaurerchiffre

Später am Nachmittag drückte Inigo auf die Klingel zum oberen Apartment des kleinen weißen Ferienhäuschens im Albaycín. Anna öffnete ihm die Tür, und als er in ihr Gesicht sah, versuchte er aus irgendeinem Grund nicht allzu sehr zu strahlen vor Freude. Es gelang ihm nicht so recht. Er merkte, wie er anfing, schief zu grinsen. Anna lächelte zurück. Lange, wie ihm schien. Dann sagte sie nur: »Komm!«, und führte ihn nach oben auf die Dachterrasse. Sie musste wirklich sehr erleichtert sein, überlegte er, während sie die schmale Treppe emporstiegen. Den Eindruck hatte er schon vorhin am Telefon gehabt, als er ihr von seinem neuen Job berichtete. Er hatte nämlich für den Rest der Ferien eine Stelle im Souvenirladen von Onkel Armando ergattert, einem der zahlreichen Cousins seines Vaters. Das musste der Grund sein, warum Anna jetzt immer noch lächelte, überlegte Inigo. Denn nun brauchte sie kein schlechtes Gewissen mehr zu haben, weil er auf der Alhambra rausgeflogen war.

Inigo selbst freute sich eigentlich mehr darüber, dass der Job erst am Montag anfing. Bis dahin hatte er frei. Er freute sich, weil er sich getraut hatte zu fragen, ob er den drei Rätselknackern helfen durfte, einfach so, ohne fünf Prozent und so. Anna hatte am Telefon sofort Ja gesagt. Ob sie nicht erst die anderen fragen wolle, hatte Inigo gesagt. Quatsch, hatte sie gesagt, klar machst du jetzt richtig bei uns mit, wir brauchen fähige Köpfe.

Als er auf die Terrasse trat, saßen Fred und Opa Drechsler über einen Berg von Zetteln und Büchern gebeugt, murmelten Zahlen und kritzelten kleine Striche nebeneinander. Jetzt blickten sie auf.

»Inigo«, rief Opa Drechsler, »endlich! Komm her und hilf uns, wir stecken fest!«

»Hey, Inigo!«, sagte Fred. »Setz dich! Was weißt du über Häufigkeitsanalyse?«

»Oh, ich …«, stammelte Inigo und blickte unsicher zu Anna, die aber schon wieder nach unten ging. Er zog sich einen Stuhl an den Tisch und sagte: »Keine Ahnung. Das Worrt kenne ich nicht. Worrum geht es dabei?«

Fred zeigte ihm die beiden Foto-Ausdrucke. Die Friese aus dem Turm der Königin waren darauf, allerdings ziemlich schräg und sehr verwackelt. Inigo kniff die Augen zusammen, um etwas zu erkennen.

»Frag jetzt nicht, warum sie so unscharf sind«, sagte Fred, »das ist eine abenteuerliche Geschichte für lange Winterabende. Einer von uns, der namentlich nicht genannt werden möchte, hat jedenfalls heldenhaften Körpereinsatz gezeigt, um sie zu bekommen. Und was danach passiert ist … reden wir nicht davon.«

Inigo bemerkte Opa Drechslers amüsiertes Gesicht, während Fred jetzt auf dem Tisch herumwühlte und ein Notizblatt mit zwei Zeilen seltsamer Symbole aus dem Papierwust fischte. »Hier haben wir jedenfalls eine klare Abschrift der Code-Zeichen erstellt, die hat uns allein eine halbe Stunde gekostet.«

 Wenn du diese Chiffre jetzt schon knacken willst, ist Bildung gefragt! Und das heißt, wie Anna gesagt hat, zu wissen, was man wo nachschlägt ... Du kannst aber auch erst einmal weiterlesen und sehen, wie sich unser Rätselteam anstellt.

»Es handelt sich aller Wahrscheinlichkeit nach um eine monoalphabetische Verschlüsselung!«, sagte Fred. »Jetzt versuchen wir durch Häufigkeitsanalyse ...«

»Derfred!«, unterbrach Opa Drechsler. »Inigo kann gut Deutsch. Aber es hat keinen Sinn, ihn mit Fremdwörtern zu bombardieren, die du vor ein paar Wochen selber noch nicht gekannt hast. Also: Wir vermuten, dass jedes dieser Zeichen für einen bestimmten Buchstaben im Alphabet steht. Um herauszufinden, welches für welchen Buchstaben steht, haben wir sie gezählt. Weil bestimmte Buchstaben häufiger vorkommen als andere. Dadurch ...«

»Ah«, sagte Inigo, »ich weiß! Am häufigsten ist immerr das E, rrichtig?«

»Siehst du?!«, triumphierte Fred. »Ich wusste, er kennt sich aus!«

Opa Drechsler nickte anerkennend. Inigo ertappte sich dabei, wie er zur Tür blickte und sich ein bisschen ärgerte, dass Anna nicht da war. Was machte sie eigentlich? Von unten drang leises Klappern von Töpfen herauf.

»Das Problem ist jetzt«, fuhr Fred unbeirrt fort, »dass der Text zu kurz ist. Hätten wir eine ganze Seite in dieser Geheimschrift, könnten wir mit ziemlicher Sicherheit annehmen, das häufigste Zeichen ist das E, dann kommt das N und so weiter. Die genaue Reihenfolge der Buchstaben-Häufigkeiten steht hier irgendwo in einem der Bücher, die Opa Drechsler aus unserer Museumsbibliothek mitgebracht hat.«

Inigo hatte sich inzwischen schon einen der Zettel gegriffen, auf dem die verschiedenen Geheimzeichen senkrecht untereinander aufgezeichnet waren, und hinter jedem eine kleine Strichliste.

»Verrstehe«, murmelte er. »Viele derr Zeichen kommen vierr-, fünf- oderr sechsmal vorr. Das ist nicht eindeutig. Wirr müssten verrschiedene Möglichkeiten durrchprrobierren und sehen, ob sich irrgendein Sinn errgibt … Aberr das kann dauerrn.«

»Der Junge ist voll auf Ballhöhe«, sagte Opa Drechsler.

Inigo blickte ihn fragend an. Fred grinste und sagte zu ihm: »Der alte Herr drückt sich manchmal etwas verworren aus. Er will sagen: Dir muss man gar nicht viel erklären, du hast das Problem erkannt. Genau daran knobeln wir seit zwei Stunden herum. Also hilf uns! Pass auf, *das* Zeichen hier kann unmöglich das N sein, weil …«

»Jungs!«, rief Anna eine ergebnislose Dreiviertelstunde später von unten herauf, »räumt den Tisch frei, es gibt Essen!«

Kurz darauf tauchte sie mit einem großen Tablett auf und servierte einen herrlich duftenden Gemüseauflauf.

»Was ist denn mit dir los?«, fragte Fred verwundert, als sie ihm seine Portion reichte, die sogar mit ein paar Blättchen Petersilie garniert war.

»Hm?«, machte sie lächelnd.

»Seit wann bist du so … so … mütterl…«

»Halt die Klappe und iss, sonst wird's kalt«, sagte sie und setzte sich. »Guten Appetit! Und? Habt ihr schon was rausbekommen?«

Doch die *Jungs* antworteten nicht. Nicht deshalb, weil sie noch keinen Schritt weitergekommen waren. Sondern eher, weil der Auflauf sie zum Schweigen brachte. Natürlich hatten sie so lange nichts Gescheites gegessen, zumindest Fred und der Alte, dass ihnen alles geschmeckt hätte. Aber dieser Auflauf. Opa Drechsler nickte nur genießerisch. Fred gab ein paar Laute von sich, die viele Ms enthielten. Und Inigo sagte nach dem dritten Bissen: »Das Rrezept musst du meinem Vaterr geben, Anna!«

»Ach, ich hab nur zusammengeschmissen, was noch in der Küche war«, antwortete sie, ohne aufzublicken.

Doch selbst Fred kriegte mit, dass seine Schwester ein bisschen rot wurde. Und ihm wurde plötzlich klar, dass das gar nicht stimmte, was sie da antwortete. Dass alle wussten, dass das nicht stimmte. Dass sie sich da unten in Wirklichkeit mächtig ins Zeug gelegt haben musste. Und eine vage Ahnung stieg in ihm auf. Eine Ahnung von geheimnisvollen und komplizierten, von geradezu unaussprechlich *erwachsenen* Vorgängen um ihn herum. Auf der

Stelle beschloss er, dass er sich damit jetzt nicht auseinandersetzen durfte. Später vielleicht. Jetzt musste wenigstens einer bei der Sache bleiben und im Auge behalten, was wichtig war. Sie hatten nicht mehr viel Zeit. Also beantwortete er schnell Annas Frage von vorhin: »Wir wissen mit ziemlicher Sicherheit, dass das geschlossene Quadrat ohne Punkt in der Mitte das E sein muss. Vieles deutet darauf hin. Das Quadrat *mit* Punkt ist möglicherweise das N. Außerdem ist Inigo aufgefallen, dass sich die zwei Zeilen reimen. Damit können wir weiterarbeiten.«

Das Essen ging jetzt nahtlos wieder in Rätselknackerei über. Inigo, Fred und Opa Drechsler beugten sich über die Zettel. Anna ließ sie machen, zog ihren Stuhl in die Ecke der Terrasse, wühlte in den herumliegenden Büchern, griff sich eines und las.

Eine weitere Stunde verging, in der die Sonne sich allmählich rot färbte und dem Horizont zuneigte. In das anhaltende leise Expertengemurmel der drei Codeknacker mischte sich ebenso allmählich ein nervöser Unterton. Keiner ihrer Versuche brachte sie weiter und ihnen gingen langsam die Ideen aus, wie sie vielleicht doch noch zum Ziel kommen konnten. Aber noch wollte keiner der drei sich das eingestehen, am wenigsten Fred. Schließlich konnten sie nicht einfach aufgeben, diese Geheimschrift war ihre einzige Chance, den Fall noch zu lösen. Um kurz vor halb neun kam dann die Rettung aus einer völlig unerwarteten Richtung: ein leiser Pfiff durch die Zähne. Annas Zähne.

»Männer«, sagte sie aus dem Hintergrund. »Ich bin

wirklich stolz auf euch! Häufigkeitsanalyse und so, ich habe keine Ahnung, wovon ihr redet. Es macht Freude, euch zuzusehen. Aaaber …«

Sie machte eine wohlkalkulierte Pause. Sechs irritiert dreinblickende Augen ruhten auf ihr.

»Aber was haltet ihr eigentlich hiervon?«

Anna hielt ihnen eine aufgeschlagene Buchseite hin. Darauf waren Zeichen einer Geheimschrift zu sehen. Zeichen, die denen auf ihren Zetteln und auf den beiden Friesen nicht nur ähnlich sahen. Es waren genau dieselben Zeichen!

Opa Drechsler stöhnte auf und langte sich an die Stirn, als er die Kapitelüberschrift erblickte.

»Potzblitz! Es ist die *Freimaurerchiffre!* Wie konnte ich *die* nicht wiedererkennen. Ich werde langsam wirklich alt.«

Wie sich herausstellte, war das Geheimnis der Friese ein echter Klassiker, und wurde in jedem anständigen Buch über die Geschichte der Geheimschriften erwähnt. Zufällig hatte Anna sich gerade so eins vom Stapel genommen. Opa Drechsler, der Mann fürs Hintergrundwissen, schämte sich in Grund und Boden, als er zugeben musste, dass er der Freimaurerchiffre nicht nur in Ottos Bibliothek mehrfach begegnet war. Er kannte sie eigentlich sogar noch aus seiner Schulzeit, wo sie bei ihm und seinen Kameraden sehr beliebt gewesen war. Denn ihr Schlüssel war unglaublich einfach – wenn man ihn kannte.

 Wie lautet das Geheimnis der Friese?

Während der Alte kopfschüttelnd den Schlüssel auf einen der Zettel zeichnete, bekam er von Fred einen tröstenden kleinen Knuff in die Seite:

»Wissen ist Macht. Nichtwissen macht auch nichts.«

Alle lachten, als wäre das der Witz des Jahrhunderts gewesen, so erleichtert waren sie, endlich die Lösung in greifbarer Nähe zu haben. Und tatsächlich lag der Klartext schon nach fünf Minuten vor ihnen auf dem Tisch.

»Die Kacheln!«, rief Fred und kramte hektisch die beiden Fotos hervor, obwohl er genauso gut wie die anderen wusste, dass auf denen von den Kachelmustern unterhalb der Friese so gut wie nichts zu erkennen war. Die gute Stimmung war ebenso schnell wieder verflogen, wie sie aufgekommen war.

Kaum hatten sie ein Problem gelöst, standen sie schon vor dem nächsten.

»Wir waren da!«, rief Fred und rubbelte sich ärgerlich durchs Haar. »Wir hatten sie direkt vor der Nase!«

»Ich hätte diese Kacheln fotografieren können!«, schnaufte Opa Drechsler.

»Du konntest doch nicht wissen, dass sie wichtig werden würden«, beschwichtigte Anna und stand auf, um einige Kerzen und eine Petroleumlampe zu entzünden, denn inzwischen war die Dämmerung hereingebrochen.

»Genau«, sagte Inigo. »Hörrt lieberr auf, euch zu ärrgerrn, und überrlegt stattdessen, was wirr machen können.«

»Was können wir denn machen?«, sagte Anna. »Selbst wenn es jetzt *nicht* viel zu spät wäre, um noch Eintrittskarten für morgen früh zu bekommen: Keiner von uns vieren darf sich auf der Alhambra noch mal blicken lassen! Wir kommen an diese Kacheln nicht mehr ran!«

»Moment mal«, überlegte Inigo. »Müssen wirr das denn überrhaupt?«

»Was meinst du?«, fragte Fred.

»Na, ihrr rregt euch doch darrüber auf, dass ihrr sie nicht fotogrrafierrt habt, rrichtig?« Er wandte sich um und suchte im Halbdunkel in den verstreuten Büchern herum. »Das heißt doch nicht, dass sie nicht jemand anderrs … Aha!« Er hielt einen großformatigen Alhambra-Bildband ins Licht.

»Dass sie nicht jemand anders fotografiert hat!«, rief Anna. »Wir brauchen ja bloß ein Foto! Cool!«

Alle blickten Inigo über die Schulter, als er das Buch auf der Suche nach dem Gemach der Königin eilig durchblätterte. Und er fand es. Über eine ganze Doppelseite erstreckte sich ein wunderbar ausgeleuchtetes, absolut scharfes Bild des ganzen Raumes. Es war der Blick von der Tür aus. Die rechte und linke Seitenwand, um die es ihnen ging, waren beide fast vollständig darauf, die Kachelmuster waren prima zu erkennen. Inigo schmerzten fast die Schultern, so begeistert klopften ihm die drei anderen darauf.

»Okay«, sagte Fred, »und jetzt: durchblicken!« Er nahm den Zettel mit dem Klartext der Friese und las ihn laut vor:

»DURCHDIEKACHELNMUSSTDUBLICKEN
WASDUSIEHSTZUSAMMENDRUECKEN

Was heißt das? Was will Otto von uns? *Durch die Kacheln musst du blicken.* Hm. Irgendwelche Vorschläge?«

»Aus Glas sind sie jedenfalls nicht«, stellte Anna nüchtern fest. »Und dazwischen kann man auch nicht durchgucken, die Fugen sehen dicht aus.«

»Ob man vielleicht etwas aufklappen kann oder so?«, meinte Fred. »Dann würde uns das Foto wohl nicht viel nützen.«

»Glaube ich nicht«, antwortete Opa Drechsler, »dann hätte Otto geschrieben: *Hinter* die Kacheln musst du blicken. Er hat seine Worte immer sorgfältig gewählt.«

»Durrchblicken, heißt das nicht auch: kapierren? Müssen wirr vielleicht irrgendwie das Musterr verrstehen?«, sagte Inigo.

»Tja«, sagte der Alte nachdenklich. »Das klingt schon eher plausibel für mich. Aber leider ist der Ausdruck *durchblicken* in dieser Bedeutung viel zu modern für Otto von Finkenstein. Trotzdem, das Muster. Durch das Muster blicken. Wartet mal.« Er starrte zur Decke. Er schnipste mit den Fingern.

Anna und Fred lächelten, Inigo wunderte sich.

»Gleich fällt ihm was ein«, flüsterte ihm Anna ins Ohr. Opa Drechsler schnipste immer heftiger.

»Ha!«, rief er. »Möglich wär's!« Er schob seine Brille auf die Stirn, nahm den Bildband in beide Hände, hielt ihn auf Armeslänge von sich und glotzte starr auf das Foto, wie eine Eule. Die Kinder beobachteten ihn erwartungsvoll. Doch dann ließ er das Buch enttäuscht wieder sinken.

»Und?«, fragte Anna vorsichtig. Der Alte schob sich die Brille wieder auf die Nase und sagte: »Leute. Ich habe eine gute und eine schlechte Nachricht.«

»Zuerst die gute, bitte«, sagte Anna.

»Nun. Ich glaube, ich weiß, was es damit auf sich hat: *Durch die Kacheln musst du blicken.* Vor allem in Verbindung mit dem Anfang der zweiten Zeile: *Was du siehst ...* Erinnert ihr euch an diese Bücher, die mal so in Mode waren? Es gab eine ganze Reihe, *Das Zauberauge* oder so ähnlich hießen die. Als sie rauskamen, konnte man in keinem Café sitzen, ohne an irgendeinem Tisch jemanden zu sehen, der sich so ein Buch vor die Nase hielt.«

Verständnislose Blicke. Der Alte kicherte.

»Quatsch, natürlich erinnert ihr euch nicht. Das muss zwei, drei Jahre bevor du auf die Welt gekommen bist gewesen sein, Inigo. Da waren lauter bunte Muster drin, in denen man auf den ersten Blick überhaupt nichts erkennen konnte. Vorne in der Einleitung stand, wie man sie angucken musste: Man hielt das Bild gerade vor die Nase und versuchte *hindurchzublicken!* Das heißt, die Augen ganz zu entspannen, wie wenn man in weite Ferne blickt.

Das brauchte ein bisschen Übung, manche Leute haben es auch nie geschafft. Aber wenn man diesen Blick hinkriegte, war es wirklich erstaunlich. Das Muster veränderte sich, wirkte auf einmal viel näher. Und dann kam der Clou. Es wurde plötzlich plastisch und eine dreidimensionale Form tauchte aus dem Nichts auf! Mal war es ein Delfin, oder ein Stern, ein Dinosaurier, alles Mögliche. Ich bin dann immer so erschrocken, dass mir dieser spezielle Blick weggerutscht ist, und dann war wieder nur das Muster zu sehen. Es war erstaunlich.«

Er schaute in die Runde. »Das kennt ihr nicht?« Kopfschütteln. »Wundert mich eigentlich, dass zumindest du nicht irgendwann mal so ein Buch in der Hand gehabt hast, Derfred. Das ist was für dich. Na ja. Aber dass *Otto* dieses Prinzip kannte, sogar lange vor diesen Büchern, das halte ich für mehr als wahrscheinlich. Solche Sachen waren genau sein Ding. Ich bin mir fast sicher, dass wir es hier mit so etwas zu tun haben!«

Fred hatte inzwischen den Bildband aufgehoben und starrte im Schein einer Kerze angestrengt darauf. Opa Drechsler schüttelte traurig den Kopf.

»Und damit kommen wir zu der schlechten Nachricht: Mit diesem Bild da kann es unmöglich funktionieren.«

»Wieso?«, fragte Fred.

»Weil die Muster hier von der Seite fotografiert sind, perspektivisch verzerrt. Wir brauchen sie aber frontal von vorne. Ganz gerade, versteht ihr? Sonst klappt es nicht.«

»Und das bedeutet, wir sind wieder so weit wie vorhin«, sagte Anna niedergeschlagen. Sie zeigte auf die inzwischen wieder stimmungsvoll beleuchtete Alhambra. »Wir müssen da noch mal rein, aber wir kommen da nicht mehr rein.«

Lange blickten sie schweigend und wehmütig hinüber. Dann war ein leises Knacken zu hören. Es waren Inigos Fingerknöchel.

»Wenn wirr dorrt hineinmüssen, dann kommen wirr auch dorrt hinein«, sagte er mit finsterer Miene.

Der Plan

»Eure Mutter bringt mich um, wenn sie erfährt, dass ich mir so was auch nur anhöre!«, rief Opa Drechsler.

»Hast du eine bessere Idee?«, fragte Anna gelassen.

»Außerdem erfährt sie ja nichts davon«, fügte Fred an.

»Von mirr jedenfalls nicht«, sagte Inigo.

»Das ist kompletter Irrsinn«, sagte Opa Drechsler. Dann schaute er einem nach dem anderen lange in die Augen. »Ihr wollt das allen Ernstes durchziehen, stimmt's?«

Anna nickte. Fred nickte. Inigo nickte. Opa Drechsler schüttelte den Kopf.

»Habt ihr mal darüber nachgedacht, was dabei alles schiefgehen kann?«

»Dann improvisieren wir eben«, sagte Anna bündig.

»Aha!«, schnaubte Opa Drechsler. »Wenn du aus fünf Metern Höhe herunterstürzt, dann improvisieren wir!«

»Du weißt, dass ich klettern kann.«

Der Alte schüttelte immer noch den Kopf. Lange Zeit.

Dann sagte er: »Okay, Anna. Erklär's mir noch mal von vorn. Als wäre ich sechs Jahre alt. Wie lautet euer Plan?«

»Nummer eins: Wir müssen da rein. Bei Tag geht nicht, denn es darf uns niemand sehen. Also müssen wir es bei Nacht machen, sprich: jetzt gleich! Inigo weiß von dieser kleinen Stahltür am Fuß des Turms der Königin. Er kann sie leider nicht knacken, weil sie ein Sicherheitsschloss hat.«

»Da fängt's doch schon an!«, rief Opa Drechsler. »Wieso kannst du eigentlich Türen aufbrechen, Inigo?!«

»Ich habe mal eine Zeit lang bei einem Onkel gearrbeitet, derr ist Schlosserr«, erwiderte Inigo gelassen.

Anna warf Inigo einen kurzen, verträumten Blick zu und sagte dann schnell: »Als er uns aus dem Turm der Justiz befreit hat, hat dich das nicht die Bohne gestört. Im Gegenteil. Außerdem tut es gar nichts zur Sache. Er weiß jedenfalls, dass man die Tür von innen auch ohne Schlüssel öffnen kann. Das ist also der Fluchtweg. Bleibt die Frage: Wie kommt man rein? Inigo sagt, weiter oben ist dieses *Feuerloch* in der Wand.«

»Schießscharte«, murmelte Fred.

»Danke. Also, Nummer zwei: Jemand klettert auf den Baum neben dem Turm, steigt durch die Schießscharte …«

»In fünf Metern Höhe!«

»Steigt da oben rein, schlendert ins Gemach der Königin, macht Fotos von den Kacheln, geht gemütlich die Treppe runter, durch die Stahltür raus und fertig ist die Laube.«

»Ha!«, rief der Alte. »Macht Fotos, wie!?«

»Genau. Und?«

»Es ist Nacht, mein Fräulein! *Jemand* muss Fotos mit

Blitz machen! Nummer zweieinhalb: Die Wachen sehen das Blitzlicht, kommen angerannt und *jemand* sitzt verdammt noch mal mächtig in der Tinte!«

Anna und Inigo schwiegen betroffen.

»Punkt für dich«, sagte Fred sachlich. »Wir müssen sicherstellen, dass Anna genau dann einsteigt, wenn die Wachen weit genug weg sind.«

»Aha«, sagte Opa Drechsler. »Und wie willst du das hinkriegen? Glaubst du, vom Fuß des Turms aus können wir sehen, wo die Wachen gerade rumschleichen?«

»Nein«, sagte Fred.

»Aha.«

»Inigo?«, sagte Fred.

Inigo zuckte unsicher die Schultern.

»Err hat rrecht, das ist schwierrig. Ihrr wisst ja noch von derr Sache im Mexuar: Man kann nie so ganz genau sagen, wann die Wachen an welchem Orrt sind.«

Opa Drechsler lehnte sich triumphierend zurück. Fred blickte eine Weile nachdenklich hinüber zur Alhambra. Plötzlich richtete er sich auf.

»Seht ihr das?«

Die anderen fuhren mit den Köpfen herum. Wenn man genau hinsah, konnte man immer wieder die Lichtkegel zweier Taschenlampen schwach aufleuchten sehen.

»Das sind die Wachleute.« Fred kramte seinen Reiseführer hervor, schlug den Grundriss der Burg auf und blickte immer wieder von der Karte hinüber zu den zwei Lichtkegeln. »Jetzt sind sie gerade im Comares-Turm. Bewegen sich nach Westen, zur Goldenen Kammer. Hm.«

Fred blickte hinauf in den Sternenhimmel, schloss die Augen.

»Okay«, murmelte er nach einer Weile und blickte in die Runde, »so könnte es gehen.«

»Er hat jetzt dieses Funkeln in den Augen«, sagte Anna leise zu Inigo. »Wie ich dieses Funkeln liebe!«

Bei diesen Worten konnte selbst Opa Drechsler ein kleines Schmunzeln nicht unterdrücken. Alle Augen waren auf Fred gerichtet.

»Von hier aus kann man die Bewegungen der Wachen exakt verfolgen«, erklärte er. »Das Licht einer Taschenlampe reicht von dort hier herüber. Also auch umgekehrt, richtig? Ich kann morsen, Inigo kann morsen.« Er machte eine Pause. »Anna, übernimm du jetzt wieder! Wenn ich *Nummer eins, Nummer zwei* sage, klingt das albern.«

»Nummer eins: Mein kleiner Bruder ist manchmal richtig genial!«, dröhnte Anna. »Nummer zwei: Er bleibt hier sitzen und beobachtet die Wachen. Nummer drei: Inigo postiert sich da drüben auf dem Berghang hinter dem Turm der Königin, von wo aus er hier rübersehen kann. Er gibt Opa Drechsler und mir am Fuß des Turms ein Zeichen, wenn Fred ihm zugemorst hat, dass der Zeitpunkt günstig ist. Nummer vier: Ich rein, Fotos machen, raus, Flucht. Nummer fünf: Opa Drechsler erholt sich von seinem Herzkasper. Nummer sechs: Wir lösen den Fall!«

»Exorbitant!«, sagte Fred.

Inigo knackte mit den Fingern.

Opa Drechsler rieb sich ausgiebig den Schnurrbart.

»Das klingt ungefähr so bescheuert, wie mit Elefanten über die Alpen steigen zu wollen.«

»Was?«, sagte Anna.

»Nichts. Habt ihr alle frische Batterien in den Taschenlampen?«

Die Ausführung

»Ich muss verrückt sein, dass ich bei so etwas mitmache«, raunte Opa Drechsler zum hundertsten Mal und spähte in die Krone der Platane hinauf, obwohl es viel zu dunkel war, um Anna dort oben zu erkennen. »Bist du wirklich ganz sicher, dass dieser Ast nicht morsch ist?«

»Wenn er morsch wäre, würde ich längst unten liegen. Ich sitze schon direkt neben der Schießscharte«, kam es wispernd von oben. »Und ich sehe hier nicht die Bohne. Also konzentrier dich jetzt bitte auf Inigo, wir dürfen sein Zeichen nicht verpassen.«

»Nun kommt schon, Kumpels. Ja, kommt zu mir, so ist es recht. Noch ein kleines Stückchen. Ihr seid noch zu nah dran.« Fred redete mit sich selbst und wippte nervös mit den Knien, während er die Lichtkegel auf der Burg beobachtete. »Nein, bleib doch jetzt nicht schon wieder stehen, du Penner! Da drin hat doch der andere Trottel schon nach dem Rechten gesehen. Niemand da, fein, bist du jetzt zufrieden? Kann's weitergehen? Na also. Geht doch.«

Jetzt griff Fred nach seiner Taschenlampe und suchte Inigo. Der war kaum zu erkennen, nur ein kleiner schwarzer Punkt zwischen den grauen Felsen hinter der Burg. Er zielte auf diesen Punkt und morste wie vereinbart:

.- -.-. .... - ..- -. --.

»Ahorn, Coca-Cola, Hakennase, Tor, Uniform, Note, Großonkel«, flüsterte er dabei.

Drüben flackerte ein Licht auf und gab zurück:

..-. . .-. - .. --.

»FERTIG. Okay.« Fred kontrollierte ein letztes Mal die Position der Wachleute. Er hatte berechnet, dass sie vom Turm der Ritter aus mindestens fünf Minuten brauchten, um zum Turm der Königin zu gelangen. Das würde reichen. Gleich war es so weit. Fred hatte schwitzige Hände. Der erste Wachmann betrat den Turm der Ritter. Jetzt der zweite. Die Lampe rutschte Fred vor Aufregung aus der Hand und fiel unter den Tisch. »Mist!« Zum Glück war sie heil geblieben. Er visierte Inigo an und morste:

.-.. --- ...

»Limonade, Ottos Mops, Salami! LOS!«

Er lehnte sich zurück und atmete tief durch.

Exakt 23 Sekunden später stand er senkrecht da und sein Stuhl kippte nach hinten um.

»Scheiße! Wo kommt *der* denn jetzt auf einmal her?!«, schrie er. Er grapschte die Lampe und morste wie verrückt, ihm fiel nicht einmal auf, dass er für dieses Signal plötzlich keine Merkwörter mehr brauchte:

... - --- .-. ... - --- .-. ... - --- .-.

STOP STOP STOP

»Jetzt morst er mit Fred«, wisperte Opa Drechsler.

»Okay«, antwortete Anna aus dem Baum, »ich bin bereit.«

Opa Drechsler ertappte sich dabei, wie er an seinem Daumennagel herumkaute. Das hatte er sich eigentlich vor sechzig Jahren abgewöhnt. Nun richtete Inigo die Lampe in seine Richtung und machte eine kreisförmige Bewegung. Der Alte hatte insgeheim gehofft, er würde sie hin und her bewegen – das vereinbarte Zeichen für sofortigen Abbruch der Aktion. Er seufzte und flüsterte nach oben:

»Es geht los. Sei vorsichtig, Anna!«

»Immer«, gab sie zurück. Dann sah Opa Drechsler sie am Rand der Baumkrone auftauchen. Sie krabbelte auf dem Bauch fast bis zum Ende des Astes, der den Turm etwa einen Meter unterhalb der Schießscharte berührte. Sie richtete sich langsam ein Stück auf und langte mit einer Hand nach der schmalen Maueröffnung. Opa Drechsler bearbeitete inzwischen den Nagel seines Zeigefingers mit den Zähnen. Da ertönte von oben ein lautes *Knack!* und plötzlich hing Anna an einem Arm in der Luft! Die Spitze des Astes war unter ihrem Gewicht weggebrochen. Der Alte rannte zum Turm und breitete die Arme aus. Er wusste selbst, dass er sie unmöglich auffangen konnte, wenn sie fiel. Doch wenn sie auf ihm landete, konnte er vielleicht wenigstens ihren Aufprall abdämpfen. Was mit ihm dabei geschah, war ihm egal.

Aber Anna, die Kletterkünstlerin, hatte ruhig Blut bewahrt! Jetzt hatte sie schon den freien Ellbogen auf das Sims geschwungen und zog sich nach oben. Als sie mit ei-

nem Bein drinnen war und den Oberkörper
hinterherschob, ließ Opa Drechsler sich
stöhnend auf den Boden plumpsen.
Er lag auf dem Rücken und starrte
wie betäubt nach oben, als sie den
Kopf noch einmal raussteckte
und zu ihm herunterspähte.
»Alles klar bei dir?«,
wisperte sie besorgt.
»Hau ab!«, ant-
wortete er mit
einem leicht
hysterischen
Kichern.

Inigo knipste seine Lampe aus und versuchte zu erkennen, ob Anna die Artistennummer gelang, für die er gerade das Startzeichen weitergegeben hatte. Aber er hatte ja genau diese Schießscharte vorgeschlagen, weil sie im tiefen Schatten der Scheinwerfer lag. Er konnte nur Opa Drechsler sehen. Was war das jetzt für ein Knacken? Der Alte rannte plötzlich zum Turm und verschwand ebenfalls im Schatten. Verdammt, er sollte doch auf seinem Posten bleiben! Da war doch hoffentlich nichts passiert?! Inigo unterdrückte den Impuls, ebenfalls sofort hinunterzurennen, denn dann wäre die Kommunikationskette ganz zusammengebrochen. Andererseits, was sollte Fred ihm jetzt noch Entscheidendes mitteilen? Selbst wenn die Wachleute direkt kehrtmachten – bis sie vom Turm der Ritter zurück sein würden, wäre Anna längst wieder draußen. Und was spielte es überhaupt für eine Rolle, ob sie entdeckt würden, wenn Anna tatsächlich … Er wagte es nicht einmal zu denken. Opa Drechsler blieb weiterhin verschwunden. *Mierda!*

Inigo blinzelte noch einmal hinüber zum Albaycín. Kein weiteres Signal von Fred. Er rannte los. Im selben Moment fing es drüben an zu blinken.

STOP STOP STOP. ABBRUCH. DRITTE PERSON VON OSTEN. IN ZWEI MINUTEN DA. BITTE KOMMEN!

Fred wartete ein paar Sekunden. Keine Antwort!

»Wo bist du, Inigo?«, flüsterte er nervös.

STOP STOP STOP. PERSON VON OSTEN. IN 90 SEKUNDEN. KOMMEN!

Opa Drechsler rappelte sich genau in dem Moment auf, als er Inigo angerannt kommen sah.

»Was ist passiert?«, zischte er ihm entgegen.

»Das frrage ich dich!«, hechelte Inigo atemlos. »Was warr das fürr ein Gerräusch? Warrum liegst du auf dem Boden? Du blutest ja!« Er zeigte auf Opa Drechslers Finger.

»Das ist nichts. Da hab ich mir nur vor Schreck draufgebissen. Aber keine Bange, Anna ist drin.«

»Puh. Gut, dann geh ich mal wiederr zurrück.«

Anna tastete sich an der Wand entlang die Treppe hinauf. Es war stockduster im Turm. Sie hatte zwar für den Rückweg eine kleine Schlüsselanhängerlampe in der Tasche, benutzte sie aber jetzt noch nicht. Es war ihnen klüger erschienen, wenn sie so lange wie möglich unsichtbar blieb, auch wenn jetzt ja eigentlich niemand in der Nähe sein konnte. Nachher, wenn sie erst einmal den Fotoblitz benutzt hatte, würde es dann auf den kleinen Lichtkegel ohnehin nicht mehr ankommen, wenn sie die Treppe hinunterrannte.

Bong!

»Autsch!« Sie war gegen eine Metallstange gelaufen, die in Hüfthöhe quer über die Treppe verlief. Die hatte Inigo bei seiner Beschreibung des Turminneren vergessen zu erwähnen. Aber eigentlich hätte sie selber daran denken können, denn sie hatte sie heute Mittag gesehen. Die Stange versperrte den Touristen die Treppe. Und das bedeutete, dass Anna jetzt oben angelangt war. Sie schlüpfte drunter durch und wandte sich nach rechts. Das Gemach der

Königin war durch seitlich einfallendes Scheinwerferlicht schwach erleuchtet. Sie holte die Kamera aus der Umhängetasche, schaltete sie ein und prüfte im Display die Einstellungen. Dann kniete sie sich vor die linke Seitenwand, um das Kachelmuster möglichst gerade draufzubekommen. Sie zoomte ein bisschen aus. Okay, so war es optimal. Sie legte den Finger auf den Auslöser. Doch sie kam nicht dazu abzudrücken.

Fred hatte schon wunde Finger vom vielen Morsen. Es kam einfach keine Antwort. Doch! Da!

‐‐‐ ‐·‐

»OK?«, rief Fred. »Das ist alles, Mann?«

WAS OK?, morste er zurück. Wieder keine Reaktion. Da war doch überhaupt nichts okay bei denen! Er probierte es noch zweimal, dann sah er, dass der mysteriöse dritte Lichtkegel jeden Moment den Turm der Königin erreichen würde. Jetzt hielt er es hier nicht mehr aus. Er warf die Lampe in den Rucksack, schnappte sich den Apartmentschlüssel, blies die Kerze aus und machte sich im Galopp auf den Weg nach unten.

Inigo rannte Opa Drechsler fast um.

»Hoppla! Was hast du denn jetzt schon wieder?«

»Da kommt irrgendjemand!«, zischte Inigo und zeigte nach oben. »Jemand anderres, aus dieserr Rrichtung. In zwanzig Sekunden ist err hierr!«

»Verdammt!« Opa Drechsler zog Inigo in den Schatten, atemlos blickten sie hoch zur Burgmauer. Da flackerte auch schon ein Lichtschimmer auf. Sie hörten Schritte und unverständliches Gebrummel.

»Cascarrabia!«, flüsterte Inigo.

»Dieser übereifrige Vollidiot. Wenn Anna jetzt abdrückt, erwischt er sie!«, zischte der Alte. Er trat schnell aus dem Schatten, schaltete seine große Stablampe ein, fuchtelte wild damit herum und grölte aus vollem Hals: »DIHIE SONNÄÄÄH SCHEINT BEI TAAAG UND NAA-AAACHT. EVIIIIVAAA ESPANGJAAAAAH!«

Durchblick

»Ich bin vor Schreck erst mal hintenübergefallen«, rief Anna zwanzig Minuten später und lachte erneut schallend auf. Sie saß mit Fred und Opa Drechsler in der Taverne am Fuß des Alhambrahügels, die sie als Treffpunkt vereinbart hatten. Inigo war schon mit der Kamera zu seinem Freund Diego gelaufen, der computermäßig gut ausgestattet war, um dort die Fotos der Kacheln auszudrucken.

»Und dann?«, fragte Fred ungeduldig.

»Hab ich mich ans Fenster geschlichen, um zu sehen, welcher sturzbesoffene Armleuchter ausgerechnet jetzt und hier so einen Rabatz machen muss.«

»Na vielen Dank«, sagte der Alte. »Ohne den *Armleuchter* säßest du jetzt auf der Polizeiwache.«

»Mit Sicherheit. Das war ein echtes Meisterstück an Improvisation, das muss ich zugeben.« Sie wandte sich an

Fred. »Er hat Cascarrabia in die Augen geleuchtet, ihm die
übelsten Schimpfwörter an den Kopf geworfen. Inigo hat
mir das auf dem Weg hierher gesagt, aber übersetzen wollte er sie mir nicht. Jedenfalls hat Opa Drechsler den Kerl
mit seinem Krakeelen vom Turm weggelockt, sodass ich
endlich die Fotos machen konnte. Der Rest verlief dann
erstaunlicherweise genau nach Plan. Das war's.«

»Ich hab sie!«, rief Inigo wie aufs Stichwort vom Eingang her und wedelte strahlend mit den Ausdrucken. Sie
stürzten sich sofort darauf. Es gab ein kleines Gerangel
zwischen Fred und Anna, wer als Erster den *magischen
Durchblick* versuchen durfte. Also hielten sich Inigo und
der Alte höflich zurück, sodass jedes der Geschwister eins
der beiden Muster bekam. Sie glotzten und starrten, bis
ihnen die Augen tränten.

»Ja!«, rief Fred nach einer Weile. »Ich seh was! Das ist ja
exorbi… Mist. Jetzt ist es wieder weg.«

»Was warr es?«, wollte Inigo wissen.

»Ich konnte es nicht scharf stellen. Irgendetwas Läng-
liches. Warte, das muss doch klappen.«

Er versuchte es hartnäckig weiter. Anna gestand nach
ein paar Minuten ein, dass sich bei ihr überhaupt nichts
tat. Sie reichte ihren Ausdruck Opa Drechsler. Er schob
seine Brille hoch und hielt sich das Blatt eine Zeit lang
mit beiden Händen direkt vors Gesicht. Nun streckte er
langsam die Arme aus und schob es von sich weg, verharr-
te dann in einer ziemlich verkrampft wirkenden Haltung.
Ein paar junge Männer am Nachbartisch blickten amüsiert
herüber.

Muster 1

Versuch den Durchblick! Vielleicht gelingt er dir.

»Aha!«, rief er.

»Kannst du etwas errkennen?«, fragte Inigo.

»Eigentlich nicht«, sagte der Alte, ließ das Papier sinken und rieb sich die Augen. »Mir geht es genau wie Fred. Unscharf. Könnte eine Sonne sein oder eine Spinne.«

»Darrf ich …«

Muster 2

»Gib noch mal her, bitte!«, sagte Anna gleichzeitig. Inigo machte eine einladende Geste und lehnte sich wieder zurück. Anna lächelte ihm zu, nahm das Blatt und imitierte Opa Drechslers Methode mit hoch konzentriertem Gesichtsausdruck. Ebenso machte es Fred jetzt mit seinem Blatt. Nebenan wurde schon leise gekichert.

»Nein, ich krieg das echt nicht hin«, sagte Anna und reichte Inigo ihren Ausdruck über den Tisch.

»¡Caramba!«, rief er nach wenigen Sekunden. »Das ist eine Hand. Sie kommt rrichtig aus dem Papierr!« Er hatte das Blatt noch nicht einmal vor und zurück bewegt.

»Eine Hand«, wiederholte Fred. »Hm. Was hat das zu bedeuten?«

»Wow. Wie hast du das so schnell hingekriegt?«, fragte Anna. Inigo zuckte die Schultern.

»Es gibt viele gemusterrte Kacheln hierr in derr Gegend, weißt du. Bei meinem Zahnarrzt im Warrtezimmerr zum Beispiel. Schon seit ich klein bin, mache ich das, wenn ich mich ablenken will. Man sucht sich eine bestimmte Stelle im Musterr aus. Dann prrobierrt man, dieselbe Stelle auf zwei nebeneinanderrliegenden Kacheln gleichzeitig zu betrachten. Mit jedem Auge eine. Dann schieben sich die Kacheln auf einmal überreinanderr. Wie wenn du mit jemandem Stirrn an Stirrn bist und err hat nur ein einziges grroßes Auge, kennst du das?«

Anna hatte ihm andächtig zugehört, den Kopf in beide Hände gestützt.

»Nein. Leider nicht«, sagte sie und schüttelte den Kopf. Dabei rutschte sie mit den Ellenbogen ab und knallte fast mit dem Kinn auf die Tischplatte. Fred kicherte, verstummte aber sofort, als er ihren erbosten Gesichtsausdruck sah. Sie wirbelte mit dem Kopf herum.

»Und *ihr* glotzt gefälligst nicht so blöde!«, schrie sie die Jungs am Nachbartisch an, die sich rasch abwandten. Opa Drechsler langte lächelnd nach dem zweiten Muster und schob es Inigo hin.

»Und was erkennst du hier?«, fragte er. Inigo nahm das Blatt und konzentrierte sich darauf.

»Natürrlich! Das hätten wirr errraten können: Das hierr ist ein Schlüssel!«

Sesam, öffne dich

»Inigo, lass uns mal die Zeit nutzen, bis wir da sind, und Informationen austauschen! Wie war die Legende vom Tor der Justiz? Wie erzählt man sie sich heute in der Stadt?«, fragte Opa Drechsler in die Dunkelheit.

Das Tor der Justiz lag auf der anderen Seite der Alhambra und dorthin waren sie jetzt im Schein ihrer Taschenlampen durch das Wäldchen unterwegs. Denn über dem Eingang des Tors befanden sich die Hand und der Schlüssel, die sie laut der Geheimschrift auf den Friesen *zusammendrücken* mussten. Sie hatten leider noch keine Ahnung, was das genau bedeuten sollte. Inigo fasste noch einmal zusammen, was er von der alten Isabel Arenaz gehört hatte: Dass der Erbauer der Alhambra seine Festung durch einen Zauber geschützt hätte, und deshalb sei sie nach all den Jahrhunderten immer noch so gut erhalten. Wenn aber eines Tages der Schlüssel und die Hand vom Tor der Justiz zusammenkämen, würde das den Zauberbann brechen und die ganze Burg würde unter einem großen Blitzschlag in Trümmer fallen. Dabei kämen unermessliche Maurenschätze ans Licht.

»Das deckt sich ziemlich genau mit dem, was dieser Washington Irving vor 180 Jahren hier in Granada gehört und aufgeschrieben hat«, meinte Opa Drechsler. »Ihr wisst schon, das Buch, in dem Otto den Zeitungsausschnitt und das Foto versteckt hat. Nur dass darin von einem Astrologen des Sultans berichtet wird. *Der* sei derjenige gewesen, der den Zauber bewirkt hat. Er lebte in einer Höhle irgendwo im Alhambrahügel. Die Sache mit dem Einstürzen und den Schätzen stimmt überein.«

»Heißt das etwa«, sagte Fred, »wenn es uns gelingt, was wir jetzt vorhaben – wie auch immer das funktionieren soll – heißt das, wir legen damit die gesamte Alhambra in Schutt und Asche?!«

»Cool«, sagte Anna.

»Das halte ich für eher unwahrscheinlich«, sagte Opa Drechsler und sein spezielles Schmunzeln war dabei herauszuhören. »Aber irgendetwas Interessantes wird hoffentlich passieren. Solche Legenden haben ja fast immer …«

»Einen wahrren Kerrn«, ergänzte Inigo. »Wirr werrden es gleich wissen, ich sehe da oben schon das Torr!«

»Tja, und wie kommen wir da jetzt ran?«

Alle vier standen sie in der Torhalle und leuchteten zu den Symbolen hinauf.

»Ich könnte mich auf deine Schultern stellen, Opa Drechsler«, schlug Fred vor. Der Alte stöhnte auf.

»Ihr habt wirklich nicht die leiseste Vorstellung, wie man sich in meinem Alter fühlt, Leute! Außerdem ist das gefährlich.«

»Ich habe eine besserre Idee«, sagte Inigo. »Dorrt unten ist ein Geräteschuppen. Da ist eine Leiterr drrin.«

»Prima. Das hört sich doch schon ganz anders an. Aber Moment mal, ist der denn nicht abgeschlossen?«

»Doch.«

»Aber du hast den Schlüssel noch?«

»Nein.«

»Er hat kein Sicherheitsschloss, hab ich recht?«, sagte Anna.

»Nurr ein ganz einfaches Schloss. Hast du vielleicht ein Stück Drraht im Rrucksack, Derrfrred?«

»Kommt nicht infrage!«, protestierte Opa Drechsler. »Zwei Einbrüche pro Nacht ist mehr, als ich verkraften kann.«

»Wir bringen die Leiter ja zurück. Soll sich denn lieber einer die Knochen brechen?«, sagte Anna. Opa Drechsler rieb sich den Schnurrbart.

»Na gut. Wo ist dieser Schuppen? Ich gehe mit und leuchte dir, Inigo.«

Zwei Minuten später kamen die beiden mit einer hölzernen Anstellleiter auf den Schultern zurück.

»Hätte nie gedacht, dass das so einfach ist«, murmelte Opa Drechsler. »Fred, erinnere mich daran, dass ich an meinem Häuschen das Schloss auswechsle, wenn wir wieder zu Hause sind.«

Die Leiter wurde am äußeren Torbogen angelehnt, Opa Drechsler hielt sie fest, und Fred kletterte hoch, um die Hand genauer in Augenschein zu nehmen. Er ging dicht mit der Lampe heran und fummelte ein bisschen daran herum.

»Okay.«

»Was ist?«, fragte Anna. »Hast du eine Idee, was wir tun müssen?«

Fred stieg herunter und sagte: »Kann sein. Aber erst noch den Schlüssel angucken.«

Sie trugen die Leiter hinüber und stellten sie an dem schweren Holztor auf, das um diese Zeit den inneren Torbogen verschloss.

»Wie ich's mir gedacht habe.« Fred kam herunter und erklärte: »Aus der Nähe kann man eine dünne Fuge um die Symbole erkennen, sie sind also nicht fest mit dem Stein drum herum verbunden. Aber man kann sie nicht rausnehmen.«

»Kann man draufdrücken?«, wollte Anna wissen.

»Glaube schon.«

»Warum hast du es dann nicht gemacht?«

»Weil es nicht ging.«

»Was soll das nun wieder heißen? Kann man oder kann man nicht?«, fragte Opa Drechsler.

»Ich glaube, ich verrstehe«, sagte Inigo.

»Er nu wieder«, meinte Anna. »Was verstehst du?«

»Wir sollen garr nichts *zusammendrrücken*, wie wirr dachten. Zwischen den Wörrterrn derr Freimaurrerr-chiffrre gab es keine Abstände.«

Anna rief sich die Lösung ins Gedächtnis zurück:
WASDUSIEHSTZUSAMMENDRUECKEN

»Es kann genauso gut heißen: *zusammen drrücken*«, rief Inigo. »Gleichzeitig, klarr?«

»Genau meine Überlegung!«, sagte Fred. »Ich könnte mir vorstellen, die steinernen Tasten haben einen Mechanismus, der sie blockiert, solange man eine allein drücken will. Der sie aber freigibt, wenn man es bei beiden gleichzeitig macht.«

»Worauf warten wir?«, sagte Anna.

Doch nun standen sie wieder vor demselben Problem wie zuvor, denn im Schuppen gab es keine zweite Leiter. Also half alles nichts, sie mussten die Schulternummer doch noch in Szene setzen. Jetzt, da sie ernsthafter darüber nachdachten, lag schnell auf der Hand, dass Opa Drechsler und Fred nicht die Idealbesetzung dafür waren. Die beiden übernahmen stattdessen die Leiter am inneren Tor, während Anna auf Inigos Schultern steigen und außen auf die Hand drücken würde. Die zwei benahmen sich zunächst ein wenig geziert und wussten anscheinend nicht recht, wer wen wo anfassen sollte. Sie führten ein seltsames Tänzchen auf, das die beiden anderen, die längst auf Position waren, als Schat-

tenriss gegen den inzwischen vom Sichelmond erhellten Nachthimmel beobachteten und dabei in sich hineinkicherten. Doch schließlich hatten Anna und Inigo sich unter dem Torbogen ausbalanciert und waren bereit.

»Okay, bei drei«, wisperte Fred aufgeregt. »Eins … zwei …«

»Ooohuooooh«, kam es von Inigo, der ins Schwanken geraten war, einen Ausfallschritt nach hinten machen musste und nun versuchte, mit der rudernden Anna auf den Schultern das Gleichgewicht wiederzuerlangen und zum Tor zurückzukehren. Opa Drechsler wischte sich den Schweiß von der Stirn, als die beiden wieder ruhig standen. Fred räusperte sich.

»Geht's jetzt?«

»Alle Systeme auf Go!«, antwortete Anna.

»Mhm-Rrmpfgl«, antwortete Inigo.

»Eins … zwei … drei!«

Diesmal klappte es. Fred und Anna drückten fest auf die zwei Symbole. Die Hand und der Schlüssel gaben knirschend nach und ließen sich gute zehn Zentimeter in den Stein hineindrücken. Doch irgendwelche Auswirkungen schien das nicht zu haben, jedenfalls nicht auf den Turm der Justiz. Insbesondere stürzte er nicht ein, ebenso wenig der Rest der Alhambra. Wohl aber hatte es sichtbare Auswirkungen auf Anna und Inigo.

Im siebzehnten Jahrhundert hat ein gewisser Mr Newton, seines Zeichens Universalgenie, nach sorgfältiger Beobachtung und Überlegung einige grundlegende physikalische Gesetze notiert. Das dritte davon kennen wir heute als das Prinzip der Wechselwirkung und es besagt schlicht: Jede Kraft erzeugt eine genauso starke Gegenkraft, die auf den Verursacher zurückwirkt! Anna drückte also nicht nur volle Lotte die steinerne Hand in den Torbogen – sondern auch sich selbst nach hinten. Da reichte diesmal kein einzelner Ausfallschritt von Inigo. Mit entsetzter Miene musste Opa Drechsler mit ansehen, wie seine riskant aufeinandergestapelten Schützlinge kreischend und wild mit den Armen kurbelnd zuerst auf ihn zutaumelten, dann in die Gegenrichtung, aus dem Tor, in Schlangenlinie den steil abfallenden Weg hinunter, dabei immer mehr Fahrt aufnahmen und schließlich um die Kurve eiernd aus seinem Blickfeld verschwanden. Gleich darauf war ein lautes Rascheln und ein dumpfes Plumpsen zu hören.

Der Alte peste los, Fred hinterher. Sie erreichten die Kurve und ließen ihre Lichtkegel hektisch über die Umgebung huschen. Nichts.

»Anna? Inigo?« Opa Drechslers Stimme überschlug sich. »Anna?! Gib doch Antwort, Menschenskind!«

Während Opa Drechsler in wachsender Panik da und dort hinrannte und weiterrief, leuchtete Fred jetzt langsam und systematisch im Kreis. Der Strahl seiner Lampe streifte ein Stück Mauer aus grob behauenen Sandsteinen, einen Brunnen, Gebüsch, eine große Aloepflanze, eine spaltbreite Öffnung im Felsen, ein Gebüsch, aus dem zwei Paar Turnschuhe ragten, Opa Drechslers Gesicht. Hier hielt Fred inne, um die Eindrücke zu verarbeiten.

»Hör auf, mich zu blenden, verdammt noch mal!«

»Da sind sie!«, rief Fred und schwenkte zurück auf das

Gebüsch. Die Turnschuhe bewegten sich und zwei zerzauste Gestalten rappelten sich langsam daraus auf.

»Gott sei Dank!«, rief Opa Drechsler »Seid ihr in Ordnung? Wieso habt ihr nicht geantwortet?!«

»Wirr … es warr …«, stammelte Inigo verwirrt und berührte seine Stirn, dann seine Lippen.

»Der Schock!«, sagte Anna schnell. »Wir standen noch unter Schock.«

Ehe der Alte etwas erwidern konnte, rief Fred: »Könnte das hier vielleicht die Höhle des Astrologen sein, die wir gerade geöffnet haben?!«

Die Höhle

Mit vor Spannung angehaltenem Atem schoben sie die Felsentür ein Stück weiter auf und leuchteten in den Höhleneingang. Doch es war nicht viel zu erkennen. Das Licht ihrer Taschenlampen verlor sich in der tiefen Schwärze, die vor ihnen lag. Ein moosig kühler Hauch strich unheimlich über ihre Gesichter, die Luft roch, als wäre sie seit hundert Jahren im Stein eingeschlossen gewesen. Anna erschauerte.

»Mann, wie lange da wohl niemand mehr drin war?«

»Seit 1967, vermute ich«, antwortete Opa Drechsler.

Fred, der Ausrüstungsexperte, hatte in seinem Rucksack doch tatsächlich auch eine Petroleumlampe mitgebracht, die er nun entzündete. Sie betraten mit vorsichtigen Schritten die Höhle des Astrologen.

Sie wurde vom flackernden Schummerlicht der Lampe leidlich ausgeleuchtet. Es war ein kreisrunder, völlig leerer Raum von etwa zehn Metern Durchmesser, mit einer sehr ebenmäßigen, halbkugelförmigen Decke, die bis zum Boden reichte. So sah keine natürlich entstandene Höhle aus, sie musste in jahrelanger Arbeit von Menschenhand in den Fels geschlagen worden sein. Das Deckengewölbe war übersät mit eingemeißelten Sternbildern, arabischen und lateinischen Schriftzeichen und einem Gewirr von dünnen Linien, die sich in alle möglichen Richtungen darüberzogen. Das Ganze wirkte wie eine Art antikes Planetarium. Seitlich waren da und dort zwischen den Sternenkonstellationen kleinere und größere Nischen eingelassen, die vielleicht einst als Regale, Sitz- und Schlafgelegenheiten gedient haben mochten.

»Exorbitant«, murmelte Fred nach einer Weile. Die drei anderen drehten sich erstaunt um. Denn obwohl er etwas abseitsstand, wo er mit hochgehaltener Lampe eins der Sternbilder näher untersuchte, hörte es sich für sie so an, als würde er ihnen direkt ins Ohr flüstern.

»Ein grruseligerr Orrt«, wisperte Inigo.

»Hast du etwas entdeckt, Fred?«, fragte Anna.

»Ich glaube schon. Seht euch das an!«

Er zeigte ihnen eins der Sternbilder, das viel neuer aussah als die anderen. Sein steinerner Untergrund war rechteckig und ein klein wenig dunkler als die Umgebung. Fred klopfte mit den Knöcheln darauf und es klang hohl.

»Was da wohl dahinter steckt?«, fragte Opa Drechsler.

»Vielleicht so etwas wie ein steinerner Safe, könnte ich

mir vorstellen«, antwortete Fred. »Seht mal hier, die Sterne kann man reindrücken, genau wie bei der Hand und dem Schlüssel.«

»Und du verrmutest, die Rreihenfolge, in derr man sie drrückt, ist die Kombination fürr den Safe?«

»Genau.«

»Cool«, sagte Anna. »Und wie ist die richtige Reihenfolge?«

»Keine Ahnung«, entgegnete Fred. »Vielleicht könnt ihr ja auch mal ein bisschen mitdenken, wie wär's?«

»Schon gut, entschuldige.«

Anna wandte

sich dem steinernen Türchen zu. »Also, was haben wir hier? Wie heißt das hier unten: VIAFINISEST? Gibt es dieses Sternbild?«

»Nie davon gehörrt«, sagte Inigo.

»Kannst du auch nicht«, meinte Opa Drechsler. »*Via finis est*. Das ist Latein und bedeutet: Der Weg ist das Ziel!« Er tauschte freudige Blicke mit Anna und Fred. Inigo blickte fragend in die Runde.

»Das kennen wir von Ottos anderer Rätselspur, auf seinem Schloss«, erklärte ihm Fred. »Wir mussten am Schluss den Weg von Rätselort zu Rätselort auf einem Plan einzeichnen. Das ergab dann als Lösung einen Buchstaben, den wir brauchten, um die letzte Tür zu öffnen!«

»Rraffinierrt! So stellt derr Grraf sicherr, dass man auch alle seine Rrätsel gelöst hat, nicht nurr das letzte!«

Und jetzt fiel ihnen auch auf, dass die dünnen Linien auf der Safetür einen groben Grundriss der Alhambra darstellten. Die Sterne waren demnach die Rätselorte! Schnell kramte Fred die Karte heraus.

»Also, angefangen hat es hier, in dem Schlafgemach mit dem Finkenstein-Schriftzug.« Anna suchte den entsprechenden Stern und drückte darauf. *Knirsch … Klick.*

»Hört sich gut an«, sagte sie. »Der Morsecode um den Schriftzug führte uns dann zum Mexuar. Ist das dieser Stern hier?«

Fred verglich mit der Karte und bestätigte, Anna drückte. So machten sie die Rätselreise der letzten Tage im Geiste noch einmal. Nacheinander betätigten sie die Tasten für den *Turm der Justiz*, dann die *Kathedrale*, die etwas abseits lag, dann den *Saal der Abencerrajes*, das *Kloster San Jerónimo*, wieder außerhalb, und schließlich den *Turm der Königin*. *Knirsch ... Klick*. Doch nichts geschah.

»Jetzt drück noch einmal auf den Turm der Justiz«, sagte Opa Drechsler.

»Natürlich, Hand und Schlüssel!«

Anna hielt die Luft an und drückte ein achtes Mal. *Knirsch ... Klick ... Ratter ... Klock!* Die kleine Steintür sprang ein paar Millimeter weit auf.

Die Antwort

Mit feierlicher Miene zog Opa Drechsler die Safetür nun ganz auf, und die vier blickten auf einen Briefumschlag, der an eine kostbar verzierte Schatulle aus Elfenbein angelehnt war.

Der Alte nahm den Umschlag, auf dem einige Zeilen in der zierlichen Bleistiftschrift geschrieben standen, die sie schon kannten. Er las vor:

Lieber Finder,
ich halte es für ausgeschlossen, daß Du der
bist, der sich Ambrosio Capilla nannte. Du mußt
jemand sein, der von meinem Schlag ist. Jemand,
der im Rätselhaften die Wahrheit findet und
dem ich vertrauen kann. Du hast auf Deinem
Weg hierher viel über gewisse Ereignisse herausgefunden, die sich im Jahre 1967 auf dieser Burg
zugetragen haben. Hier drin ist alles, was du
noch brauchst, um das Rätsel dieser Ereignisse
vollständig zu lösen.
O. v. F.

»Ich wusste es!«, jauchzte Fred. »Aber meint er das Kuvert
oder das Kästchen?«

»Wahrrscheinlich beides. Was machen wirr zuerrst auf?«

»Den Brief«, bestimmte Anna.

Opa Drechsler öffnete ihn und besah sich das Blatt.

»Es ist eine Fotokopie. Anscheinend von Ottos Antwort
an Capilla. Auf dessen Brief, den wir im Kloster gefunden
haben.«

»Lies schon vor«, sagte Anna. Opa Drechsler räusperte
sich.

Schloß Finkenstein, 07.03.1968
Werter Ambrosio Capilla,
in der Tat habe ich schon vor Monaten damit
gerechnet, daß Sie sich bei mir melden, Drohun-
gen aussprechen und die Herausgabe des Rubins

fordern. Ich werde ihn Ihnen nicht geben. Und
zwar aus dem einfachen Grund, weil ich den
Stein nicht habe. Er befindet sich noch immer
in Granada, an einem angemessenen Platz, wo
er meiner Ansicht nach auch bleiben sollte. Ich
habe es dennoch möglich gemacht, ihn zu finden.
Wenn Sie der großartige Kryptologe sind, als der
Sie sich immer ausgegeben haben, sollten meine
Rätsel kein Problem für Sie darstellen. Suchen
Sie auf der Alhambra einfach nach meinem
Namen, ich habe mein Werk signiert!

Opa Drechsler hielt inne. Alle starrten schweigend auf das
Kästchen.

»Ich wusste es!«, stieß Inigo hervor. »Derr Rrubin! Err ist
da drrin. Ich kann das mit einerr Bürroklammerr knacken!«

»Finger weg!«, sagte Anna streng. »Eins nach dem andern. Was schreibt er noch?«

Falls Sie mit dieser Lösung nicht einverstanden
sind und es vorziehen, zur Polizei zu gehen,
sollten Sie zweierlei nicht vergessen:
Erstens, daß auch ich eine Aussage zu machen
hätte, sollte man mich verhaften. Sie haben
doch wohl nicht vergessen, daß ich Sie nur
deshalb niedergeschlagen habe, weil mir gar
nichts anderes übrigblieb, als Sie Ihre Hände
schon fast an Elisas Gurgel hatten? Sie waren
es doch, der wie ein Rasender auf sie losging

und sie gegen die Burgmauer drängte, weil sie andere Pläne mit dem Rubin hatte als Sie. Glauben Sie vielleicht, ich würde das nicht zu Protokoll geben?

Und zweitens sollten Sie nicht vergessen: Sie lügen, wenn Sie behaupten, Sie und ich wüßten, daß ich Elisa umgebracht habe. Sie wissen gar nichts, denn Sie waren dann bewußtlos. Wie es tatsächlich geschah, daß es Elisa Benazar nun nicht mehr gibt, das weiß nur einer von uns beiden, und der bin ich. Ihnen gegenüber, Capilla, will ich mich dazu nicht weiter äußern, ich sage nur: Ich wollte es nicht. Aber eines kann ich Ihnen versichern: Wem auch immer man glauben wird, wenn Sie mich zwingen, die Wahrheit öffentlich preiszugeben – der Rubin wird auf jeden Fall beschlagnahmt und Sie werden ihn niemals bekommen!

Leben Sie wohl.
Otto v. Finkenstein

»Es war ein Unfall«, sagte Anna. »Ganz klar. Es muss im Handgemenge passiert sein. Die beiden Männer haben gekämpft, Otto hat sie wahrscheinlich versehentlich angerempelt, dabei ist sie gestürzt.«

»So muss es gewesen sein«, bestätigte Fred und die Erleichterung in seiner Stimme war deutlich zu hören, als er hinzufügte: »Otto von Finkenstein war kein Mörder!«

223

»Ich wusste es!«, sagte Opa Drechsler lächelnd. »Aber wartet mal, da steht ja noch etwas.«

P. S.
Daß Sie mir in Ihrem Brief erklären, Steifenkinn sei keine gute Chiffre, und trotzdem Ewigkeiten gebraucht haben, um mich ausfindig zu machen, hat mich übrigens sehr amüsiert. Es wirkt noch ein wenig lächerlicher, wenn man bedenkt, daß Sie Ihren eigenen wahren Namen einfach ins Spanische übersetzt haben. Und vermutlich immer noch glauben, ich wüßte nicht, wie Sie wirklich heißen!

A. C.

»Wow, Moment mal«, sagte Anna aufgeregt, »das ist ja ein Ding. Inigo, schnell, was heißt *Capilla* auf Deutsch?«

»So nennt man eine sehrr kleine Kirrche, ich weiß das Worrt leiderr nicht.«

»Kapelle! Klar, das muss es sein«, meinte Anna. »Also heißt der Typ mit Nachnamen *Kapelle*!«

»Nur, wenn er ein Deutscher ist«, warf Fred ein.

»Ach du liebe Zeit!«, rief Opa Drechsler. »Es ist aber kein Deutscher, das wissen wir doch längst, Otto hat es uns doch mitgeteilt: *Für einen Engländer ist das eine Himmelserzählung. Spiel anständig, Engländer!*«

»Und was heißt Kapelle auf Englisch?«, fragte Fred ungeduldig. »Wie heißt unser A.C. denn nun wirklich?!«

»*Chapel*«, erklang eine vertraute Stimme aus allen Richtungen gleichzeitig, »Ambrose Chapel.«

Die vier wirbelten herum. Er stand im Höhleneingang und lächelte. Ihr freundlicher kleiner Antiquar. Doch er stand seltsam aufrecht und in der Hand hielt er keinen Gehstock, sondern eine Pistole.

»Die ist echt«, flüsterte Opa Drechsler.

»In der Tat«, sagte Mr Chapel, »und außerdem geladen und entsichert.« Er machte einige leichtfüßige Schritte auf sie zu.

»Ich bin auch untrostlich, dass ich das Ding mitbringen musste, eigentlich mag ich euch ganz gern. Aber manchmal muss man sich eben die Fuße nass machen.«

Anna konnte es immer noch nicht fassen. Der kleine Mr Chapel mit den drolligen Redensarten hatte sich die ganze Zeit verstellt.

»Das heißt *sich die Hände schmutzig machen*, Sie Armleuchter!«

Er sah Anna für einen Moment pikiert an, richtete dann die Waffe direkt auf sie und lächelte.

»Du bist mutig«, sagte er. »Wirklich, ich habe uberhaupt große Hochachtung vor euch. Wie ihr hier einfach in diese

Stadt kommt und in nur einer Woche schafft, was mir in vierzig Jahren nicht gelungen ist. Es war ein Vergnugen, euch dabei zuzusehen.« Er nestelte an seiner Fliege. »Auch wenn ich euch da und dort eine Hand leihen musste.«

»Also waren *Sie* das!«, stieß Fred hervor. »Der bärtige Mann! Der Inder!«

»Naturlich. Ich konnte auf die Schnelle keine bessere Verkleidung auftreiben, leider. Und diese uberaus geschmacklose Brille …«

»Haben Sie jedes Mal gebraucht, um Ihre buschigen Augenbrauen zu verstecken!«, rief Anna.

»Das habe ich geerbt von meinem Vater.« Mr Chapel strich sich lächelnd mit dem Finger über eine Braue. »Werden in den Jahren immer länger, die Biester. Aber genug von der Plauderei. Seit ihr so freundlich wart, mir zu verraten, dass ihr auf der Suche seid nach meinem Rubin, da wusste ich, es wurde euch gelingen, ihn fur mich zu finden. Ist er da drin, ja?« Er deutete auf das Kästchen.

»Ihrr Rrubin?! ¡*Naranjas*!«, zischte Inigo. Chapel zielte sofort auf ihn.

»Wir wurden uns noch nicht vorgestellt, glaube ich.«
Inigo spuckte auf den Boden.

»Ein echter Spanier, so scheint es«, lächelte Mr Chapel. »Nun, ich habe zufällig mitbekommen, dass du dieses Kästchen dort offnen kannst. Wurdest du das jetzt fur mich tun, bitte?«
Inigo verschränkte die Arme.

»Wie funktioniert das hier noch gleich?« Mr Chapel spannte mit gespielter Trotteligkeit den Hahn der Pistole.

»Inigo«, flüsterte Anna, die direkt neben ihm stand. »Spiel bitte nicht den Helden. Tu es für … Tu es einfach.«

Inigo sah ihr in die Augen, eine Ewigkeit, wie es Fred schien. Endlich nahm er die Büroklammer entgegen, die Fred hervorgekramt hatte, ging damit zum Safe und fummelte kurz im Schlüsselloch der Schatulle herum.

Als das Schloss knackte, rief Mr Chapel: »Vielen Dank! Und jetzt begebt ihr euch bitte alle dort hinuber!« Er wies auf die gegenüberliegende Seite der Höhle. Zähneknirschend folgten sie seiner Anweisung, jeder fieberhaft überlegend, was sie tun konnten, um den Knilch aufzuhalten. Doch keinem fiel etwas ein.

»Damit kommen Sie nicht durch!«, knurrte Opa Drechsler, doch schon während er es sagte, merkte er, wie idiotisch und abgedroschen das klang.

»Doch, ich denke schon«, entgegnete Ambrose Chapel und ging zu dem Kästchen. Er wandte sich von ab, die Pistole zeigte aber weiterhin in ihre Richtung. Mit der freien Hand griff er nach dem elfenbeinernen Deckel.

Da fiel ein Schuss.

Fred stürzte zu Boden und rührte sich nicht mehr.

Besser so

Von der Höhlendecke bröckelten Steinklumpen.

»*¡Manos arriba!*«, schrie eine bellende Stimme. Im Höhleneingang stand Cascarrabia mit einem seiner Wachleute und zwei Polizisten, alle bewaffnet. Cascarrabia senkte seinen Revolver, mit dem er den Warnschuss in die Decke abgefeuert hatte, und richtete ihn wie seine Begleiter auf den verdutzten Mr Chapel.

»Und was ist dann passiert?«, fragte Fred, der längst wieder aus seiner Ohnmacht erwacht war. Er war immer noch kreidebleich und wirkte leicht angeschlagen. Anna schenkte ihm Tee nach und reichte auch Inigo einen Becher über den Terrassentisch.

»Dann wurde er von den Polizisten abgeführt«, berichtete Opa Drechsler. »Während Anna und ich uns um dich kümmerten, ging Inigo zur Schatulle hinüber, um nachzusehen, was darin war.«

Inigo grinste.

»Aberr Cascarrabia ist mirr soforrt in den Arm gefallen und hat geschrrien: *Alles, was auf dem Gebiet derr Alhambra gefunden wirrd, gehörrt der Alhambra!* Also warr err es, derr sie schließlich geöffnet hat.«

»Uuund?!«

»Und was?«, fragte Anna scheinheilig. »Vorsicht, der Tee ist heiß.«

»Was war drin?!«

»Ach so.« Opa Drechsler kramte in seiner Hosentasche. »Das hier.« Er reichte Fred einen kleinen, mit Bleistift beschriebenen Zettel. Fred nahm ihn verdattert entgegen und las:

Der Rubin des Schwarzen Prinzen ist bei ELISA
BENAZAR.
Nach ihr soll niemand mehr für ihn sterben.
Ihr Name, obgleich kein Grabstein ihn bewahrt,
wird dennoch nicht vergehen.

Fred brauchte eine Weile, um zu begreifen. Dann nickte er, lehnte sich zurück und blickte hinüber zur rötlich schimmernden Alhambra. Eine lange Zeit schlürften sie alle schweigend ihren Tee und betrachteten nachdenklich die Burg, die friedlich und majestätisch vor ihnen aufragte, seit tausend Jahren unberührt von den Eitelkeiten und vergänglichen Leidenschaften der Menschen, die um sie herumwuselten.

»Otto hat den Rubin mit ihr zusammen irgendwo begraben«, sagte Fred.

»Und err allein wusste, wo«, ergänzte Inigo etwas später.

»Endlich ist der verfluchte Stein für immer verschwunden. Besser so.« Das sagte Opa Drechsler.

»Verflucht?« Anna zog eine Augenbraue hoch.

»Du weißt, was ich meine.« Er überlegte. »Aber vielleicht stimmt es ja auch. Schließlich haben diese alten Legenden …«

»… immer einen wahren Kern«, murmelten sie alle wie aus einem Mund.

Sábado

Am Ende ist die Wahrheit das Einzige,
das wert ist, dass man es besitzt.
Katherine Mansfield

Sie frühstückten spät. Die Koffer waren bereits gepackt, und bis Mama und Udo sie abholen würden, waren immer noch ein paar Stunden Zeit. Inigo war wieder herübergekommen und saß mit Fred und Opa Drechsler am Terrassentisch. Die Sonne stand schon recht hoch und es versprach wieder ein heißer Tag zu werden. Anna war anscheinend noch nicht aufgestanden, zumindest hatte sie das Zimmer noch nicht verlassen. Die drei sprachen wenig. Sie grübelten über die vergangenen Ereignisse und der bevorstehende Abschied lag ihnen auf der Seele. Inigo wirkte besonders niedergeschlagen.

»Da findet man *ein Mal* einen Schatz. Und schon ist err wiederr verrschwunden«, sagte er leise.

»Stimmt«, sagte Fred düster und griff zur Marmelade. »Das fühlt sich einfach nicht okay an.«

Opa Drechsler schien belustigt.

»Was ist?«, fragte Fred.

»Nichts«, antwortete er. »Ich dachte nur gerade, wie langweilig das Leben doch wäre, wenn die Worte immer nur eine einzige Bedeutung hätten.«

»Wie meinst du das?«

»Na ja. Manchmal sagt einer etwas und der andere versteht etwas völlig anderes. Aber sie verstehen sich trotzdem. Das ist toll.«

»Versteh ich nicht«, sagte Fred und biss trotzig in sein Brötchen.

Dann kam Anna auf die Terrasse geschritten und begrüßte sie mit einem fröhlichen »Na, Männer? Alles klar?«.

Fred war ziemlich erstaunt und auch die anderen betrachteten sie mit verwunderten Gesichtern. Anna sah aus wie aus dem Ei gepellt. Keine Spur von der morgendlich verknitterten, schlecht gelaunten Schwester, die Fred kannte. Und das gerade heute? Sie hatte sogar einen Rock angezogen, das machte sie sonst nur zu feierlichen Anlässen, und auch dann eher widerwillig. Und wieso sah sie um die Augen herum plötzlich so erwachsen aus? War das etwa Schminke?

»Stimmt was nicht?«, fragte sie lächelnd.

»Stimmt überhaupt irgendwas?«, brummte Fred. Anna ging zu ihm hin, biss frech von seinem Brötchen ab und legte dann scheinbar beiläufig die Karte und das Morsebuch auf den Tisch. Opa Drechsler warf ihr einen fragenden Blick zu.

»Ich habe nur noch mal etwas nachgeprüft«, sagte sie. »Inigo?«

»Ja?«

»Was ist das Morsezeichen für den Buchstaben I?«

»Punkt Punkt.«

»Und für M?«

»Strrich Strrich«, antwortete Inigo. Anna nickte versonnen.

»Ja, das kann man schon mal durcheinanderbringen.« Sie wuschelte Fred kurz über die Haare. »Besonders wenn man müde ist und eigentlich schlafen sollte.«

Fred stutzte.

Anna redete munter weiter: »So. Ich habe jetzt noch eine Kleinigkeit zu erledigen. Ich mache einen Spaziergang.« Sie ging zur Tür, blieb stehen und drehte sich um.

»Was ist los? Kommt ihr mit oder nicht?«

»Wo will sie hin?«, fragte Fred schnaufend. »Die rennt ja diesen Berg hoch, als kriegte sie's bezahlt.«

»Das ist derr Sacromonte«, sagte Inigo nachdenklich.

Fred hatte vorhin noch schnell die Karte und das Buch eingepackt, um unterwegs herauszufinden, was Annas seltsame Andeutungen zu bedeuten hatten. Aber bei dieser Rennerei war das nicht zu bewerkstelligen.

Ein Stück weiter oben blieb Anna jetzt stehen und wartete, bis die zwei Jungs sie eingeholt hatten. Ewas später kam auch der schwer atmende Opa Drechsler.

»Okay, meine Herren«, sagte sie dann. »Nummer eins: Ich danke euch, dass ihr mich begleitet habt, ihr seid echte Kavaliere. Nummer zwei: Was ich hier zu erledigen habe, ist eine Privatangelegenheit. Also setzt euch bitte auf den Fels da und wartet, bis ich wieder zurück bin.«

Damit ließ sie die drei verwundert stehen und stieg weiter mit forschem Schritt den Hang hinauf. Sie setzten sich wie befohlen und beobachteten, wie Anna in einiger Entfernung eine alte Frau ansprach, die gemütlich in der Sonne saß.

»Wer ist das?«, fragte Fred.

»Das ist Isabel Arenaz«, antwortete Inigo. »Die Alte vom Berrg.«

Die alte Frau schien sich über Annas Kommen zu freuen und bot ihr einen Stuhl an. Es sah aus, als würden sie sich angeregt unterhalten.

»Ich dachte, die spricht nur Spanisch«, sagte Fred.

»Dachte ich auch«, sagte Inigo.

In der Ferne streckte Anna ihre Handfläche aus, die Frau beugte sich darüber und machte ausladende Gesten.

»Es gibt Sprachen, die sind international«, sinnierte Opa Drechsler. Sie beobachteten noch eine Weile, wie die Alte redete und Anna nickte. Dann redete Anna. Und die Alte nickte. Jetzt griff sie nach einer ihrer zahlreichen Halsketten und hielt sie nach vorn. Anna beugte sich zaghaft darüber und betrachtete sie lange. Schließlich stand sie auf, umarmte die Alte und schlenderte langsam zu ihnen zurück. Als sie angekommen war, machte Fred den Mund auf, doch sie spazierte einfach vorbei, weiter den Berg hinunter.

»Was hast du bei der Alten gewollt?«, rief er ihr nach.

»Bilde ein Anagramm aus dem Namen Elisa Benazar«, antwortete Anna, ohne stehen zu bleiben. Fred runzelte die Stirn, riss sich dann den Rucksack herunter und rupfte Notizblock und Bleistift daraus hervor.

»He, Anna«, rief Inigo, »warrte doch mal! Was hat sie aus deinerr Hand gelesen?«

»Das geht dich einen feuchten Kehricht an, Spanier«, rief Anna fröhlich über die Schulter und ging weiter. »Aber merk dir eins, ich habe deine Telefonnummer. Und lass dir bloß nicht einfallen, sie in den nächsten Jahren zu wechseln!«

»Was meint sie damit«, flüsterte er, als Opa Drechsler neben ihn trat und eine Hand auf seine Schulter legte.

»Woher soll ich das wissen? Die Frau, die die Wahrheit kennt, sitzt da oben.«

Als sie später im Flugzeug saßen und nach dem Start die Sicherheitsgurte lösen konnten, lehnte sich Mama, die mit Udo in der Reihe vor ihnen saß, über die Sitzlehne und fragte fröhlich:

»Und? Was habt ihr diese Woche so getrieben, Kinder?«

»Nichts Besonderes«, entgegnete Anna.

»Kommt schon, lasst euch nicht alles einzeln aus der Nase ziehen! Frederik?«

»Na ja«, sagte Fred und legte sein Sudoku beiseite. »Zuerst mal haben wir einen Teil der britischen Kronjuwelen als Fälschung entlarvt.«

»So, so«, lächelte Mama.

Opa Drechsler nickte. »Als Nächstes haben wir dann dafür gesorgt, dass dieser nette junge Spanier seinen Job verliert, stimmt's?«

»Du vergisst den Raub in der Kathedrale«, warf Anna ein. »Vorher haben wir doch noch die katholische Kirche bestohlen.«

»Diverse andere Einbrüche nicht zu vergessen«, sagte Fred. »Aber mit dem Brand auf der Alhambra hatten wir nur indirekt zu tun, den können sie uns nicht anhängen. War das bevor oder nachdem wir den freundlichen alten Buchhändler in den Knast gebracht haben?«

»Davor«, meinte Opa Drechsler. »Genau wie unser sensationeller archäologischer Fund.« Anna schnipste mit dem Finger.

»Ach ja, die jahrhundertelang vergessene Höhle des Astrologen, die wir der Öffentlichkeit wieder zugänglich gemacht haben. Hatte ich gar nicht mehr dran gedacht.«

»Und schließlich«, flüsterte Fred, indem er sich verschwörerisch zu Mama vorbeugte, »haben wir einen Mord aufgeklärt, der in Wirklichkeit niemals …«

»Pssst!«

Anna und Opa Drechsler schüttelten grinsend den Kopf.

»Na ja«, sagte Fred. »Nicht so wichtig. Nichts Besonderes eben.«

Er griff nach seinem Sudoku, während Mama sich stirnrunzelnd abwandte.

Glossar

Spanisch

prólogo	Vorwort, Prolog
Sierra Nevada	wörtlich: »verschneite Bergkette«, Gebirge in Südspanien
río	Fluss
lunes	Montag
martes	Dienstag
miércoles	Mittwoch
jueves	Donnerstag
viernes	Freitag
sábado	Samstag
domingo	Sonntag
Calle De Los Molinos	wörtlich: »Mühlengasse«
Sala De Las Dos Hermanas	Saal der zwei Schwestern
¡alto!	Halt!
Vuestros documentos de identidad!	Eure Personalausweise!
Señora/ Señor XY	Frau/Herr XY
¡gracias!	danke!
sólo un poco	nur ein bisschen
yo soy	ich bin
primero	erstens
segundo	zweitens
y tercer	und drittens
cómo?	wie?
¿En qué puedo servirle?	Was kann ich für Sie tun?
¡No hay moros en la costa!	wörtlich: »Es sind keine Mauren an der Küste!«, Die Luft ist rein!
¡Qué-coño-haces-aquí!	Was zum Teufel machst du da?
¡Calla-esa-boca!	Halt die Klappe!

Plaza Trinidad	wörtlich: Platz der Dreifaltigkeit
¡mierda!	Scheiße!
Sacromonte	wörtlich: »heiliger Berg«
San	Sankt, St., Heiliger
Fernando	spanische Form von Ferdinand
¡perdóname!	Entschuldige!, Verzeih (mir)!
fuego	Feuer
¡Fuera, todo el mundo!	Alle raus!
¡ándale!	Los!, Auf geht's!, Schnell!
¡La cuenta, por favor!	Die Rechnung, bitte!
¡Prended a ellos!	Ergreift sie!

Englisch

EI-DI! DU-JU-HAFF-EI-DI?!
lautmalerische Schreibweise für:

ID! Do you have ID?!	Ausweis! Habt ihr Ausweis?!
deal	Geschäft, Handel, Abkommen
yesterday	gestern
paper	Papier, Schriftstück, Zeitung
yesterday's papers	1. alte Schriftstücke
	2. Die Zeitung von gestern (im Sinn von etwas, das heute keinen mehr interessiert)
Queen	Königin (**Die** Queen ist für einen Engländer natürlich Elizabeth II., amtierendes Oberhaupt des Vereinigten Königreichs von Großbritannien und Nordirland)
What is it, my dear?	Was ist denn, mein Schatz?
They broke something!	Die haben was kaputtgemacht!
Sorry! I have no money.	Entschuldigung! Ich kein Geld haben. Richtiges Englisch wäre: *Sorry! I don't have any money.*
again	wieder
Again?	Schon wieder?

andere Fremdwörter und Fachausdrücke

Mauren	Oberbegriff für mittelalterliche islamische Berberstämme in Nordafrika
Nasriden	maurisches Herrschergeschlecht des Königreichs Granada (1232–1492)
Stalaktit	aus dem Griechischen: Tropfstein
Oktaeder	aus dem Griechischen: *okta* – acht, *edron* – Fläche, geometrischer Körper mit acht Flächen
kastilisch	von oder aus *Kastilien*, einer spanischen Landschaft, die im Mittelalter ein eigenständiges Königreich war
Supervision	aus dem Lateinischen: Aufsicht, Überwachung
Attrappe	aus dem Französischen: Nachbildung
Abencerrajes oder *Abencerragen*	maurisches Adelsgeschlecht im mittelalterlichen Granada
Kreuzgang	rechteckiger, halboffener Säulengang um den Innenhof eines Klosters
Ödam	**keine** Stadt in Holland
Glossar	Auflistung fremdsprachiger Wörter, die nicht im Text erklärt werden

dtv junior

ISBN 978-3-423-**70506**-6

RÄTSEL-SPASS

mit Jürg Obrist

ISBN 978-3-423-**70966**-8

ISBN 978-3-423-**70920**-0

ISBN 978-3-423-**71252**-1

ISBN 978-3-423-**71204**-0

www.dtvjunior.de

dtv junior

Erzählte
Geschichte ab 10

ISBN 978-3-423-**70944**-6
Ab 10

Setha und Kethi
erleben spannende
Abenteuer in Ägypten
zur Zeit der Pharaonen.

ISBN 978-3-423-**70982**-8
Ab 10

Spannender Wim-
melbild-Suchspaß
im Alten Rom.

dtv junior

Heureka!

Sam staunt nicht schlecht, als die Maus, die er eines Nachts in seinem Zimmer herumflitzen sieht, mit ihm zu reden beginnt und sich als Mr Jolly Goodfellow vorstellt. Der ist weder Mensch noch Maus, sondern ein Heureka, der Wissenschaftler und Künstler zu genialen Ideen inspiriert. Doch diesmal braucht er selbst Hilfe. Damit öffnet sich für Sam das Tor zu einem Jahrhunderte umspannenden Abenteuer in einer magischen Welt.

Übersetzt von
Ingrid Weixelbaumer
ISBN 978-3-423-**70801**-2
Ab 10

dtv junior

Übersetzt von Sabine Ludwig
ISBN 978-3-423-**70725**-1
Ab 11

Ein Zauberer, eine Fee, ein Riese und eine Hexe machen sich in London auf die Suche nach dem entführten Königssohn ihres zauberhaften Inselreichs. Ein Wettlauf gegen die Zeit, denn der Rückweg steht nur für wenige Tage offen.

Übersetzt von Sabine Ludwig
ISBN 978-3-423-**70752**-7
Ab 11

Auf einer verborgenen Insel leben Nixen, Lindwürmer und Broobies in der Obhut von drei schrulligen alten Tanten. Doch denen wird die Pflege dieser fantastischen Geschöpfe allein zu viel. Darum kidnappen sie kurzerhand drei Großstadtkinder. Der verwöhnte Millionärssohn Lambert entpuppt sich allerdings als totaler Fehlgriff.